耶誕頌歌

A Christmas Carol

小氣財主的心靈探索之旅

目錄

《耶誕頌歌》裡的愛、寬容與省思

劉美瑤（兒童文學作家）

《耶誕頌歌》是英國作家狄更斯最受歡迎的作品，也是他的著作中改編成電影、舞臺劇最多次的小說。敘述資本家史顧己為人慳吝，只在乎金錢，對親友苛刻，輕蔑困苦之人，對善行更是嗤之以鼻，因此格外厭惡強調愛與分享的聖誕節。然而在聖誕節前夕，奇幻的事發生了。已故夥伴馬利化為鬼魂送來告誡，言明將有三個幽靈來找史顧己，這三個幽靈分別帶他前往三段時空：史顧己的過去、現在以及未來。第一個幽靈帶著他以旁觀者的立場回顧慘澹的青少年時光，第二個幽靈領著他探訪此時其他人對他的評價，以及他向來輕蔑的窮苦之人在聖誕節虔誠歡欣的過節情景，第三個幽靈則與他同遊未來，讓他看看自己的悲涼喪禮。故事結構採用童話常用的三段式敘述，主角史顧己藉由旁觀他人的苦樂，內心的良知逐漸醒轉，最終醒悟，明白愛與分享、包容與寬恕的重要。

雖然故事由鬼魂與幽靈穿針引線串聯而成，但是全書並無恐怖氣氛，不論是幽靈時而警惕時而詼諧的話語，或是描述其他人的過節情景與對話，在狄更斯詼諧幽默的高妙筆法下，不僅啟發讀者省思人性，也使讀者心生感動與悲憫的情懷。這些高明的道德感化，讓《耶誕頌歌》成為歷久不衰的經典佳作。

一、聖誕精神

狄更斯僅花了一個半月就完成了這部作品，出版後也如狄更斯所料好評如潮，第一版的《耶誕頌歌》在聖誕節前夕就銷售一空，書評家對此書讚譽有加，更有書迷宣稱受到《耶誕頌歌》勸人為善的感召主動改善員工待遇。由於這本書廣受歡迎，聖誕節再次得到人們的重視，許多研究狄更斯的文學評論家認為，《耶誕頌歌》不僅反映了英國十九世紀維多利亞時代人們對聖誕精神的認知，同時也讓傳統聖誕節的精神，比如溫馨、重視分享、寬恕與慈善等美好的情操融入人們的生活，獲得世人的重視。

這本書裡提到的關於聖誕節的慶祝情景，比如第四章史顧己的老闆費茲維格在聖誕節那天致力營造快樂歡愉的氣氛、第五章巨靈帶史顧己去倫敦他處看到的慶祝景象，例如堆滿美食甜點的雜貨店，各個面帶燦笑購買商品的顧客，以及即便是家境貧窮的勞工、礦工們，在聖誕節當日也是滿面歡欣，懷抱期待歡唱頌歌共享佳節。這些情境成為後人對於聖誕節歡慶的想像，若以此作為《耶誕頌歌》一書影響並創造了現代聖誕節的愉悅溫馨形象之證，亦無不可。

二、語言與寫作技巧

狄更斯擅長寫實筆法，書中提及倫敦中下階層勞動者的生活點滴，以及維多利亞時代人們的過節氣氛，為後世留下貼近史實的紀錄。此外，他善用譬喻、象徵和影射等技巧讓角色躍然紙上。比如在第一章開頭描述史顧己的冷酷，他寫道：「即便是在最炎熱的天氣，辦公室也會因為他而變得冷冰冰，……，史顧己絲毫不受外界溫度影響……」緊接著狄更斯描述聖誕節前夕，辦公室外大霧瀰漫天色灰暗，然而辦公室內的火堆卻微弱如燭，逼得史顧己的員工只能以自己的長圍巾保暖。短短幾段，層層疊進敘述，讓讀者對於史顧己的無情冷酷印象越加深刻，難怪史顧己的原文 Scrooge 一詞因此成為吝嗇鬼的代名詞，後代不少小說甚至人們一想到吸血資本家，首先浮現腦中的就是史顧己。

而第二章的鬼魂馬利一出場就身披鎖鏈，這些沉重的鐵鍊象徵在世時犯下的罪愆，隱喻活著時對於金錢財富的渴望，在死後會成為纏繞在頸脖上的枷鎖，沉重的鎖鏈匡噹作響讓靈魂無法安眠。如此鮮明生動的鬼魂形象怎不讓人心生警惕？

此外，狄更斯也擅長援引諺語增添寓意，故事開頭說史顧己的合夥人馬利已死，如同一根被釘死在門上的門釘，這句話是引用英文諺語「dead as a doornail」，意喻已死之人如同釘子被釘死在門上，再無移動的可能。主角史顧己的原文姓名為 Ebenezer Scrooge，Ebenezer 在《聖經》裡的意思為「幫助之石」，寓意作者對主角（或說是所有資本家）的冀望。

在故事中穿插文學典故也是狄更斯常用的筆法，比如他在第四章提到，史顧己昔日的女友婚後一家過節的熱鬧景象，說屋內嘈雜「四十頭牛安靜得像是只有一頭」，這個句子便是引用英國詩人華茲華斯的詩作《三月》：「吃草的群牛總不抬頭，四十頭的姿勢都一樣」。詩文旨在詠讚陽春三月寧靜悠閒，狄更斯在此處引用這句，意在將三月的悠閒與聖誕節慶的歡快做一對比。

三、道德救贖與時代意義

狄更斯的作品裡經常出現對社會的批判，以及應該致力於改善教育與兒童待遇的疾呼。《耶誕頌歌》的第七章，巨靈即將離開時，腳邊跑出一個男孩和一個女孩，男孩名為無知，女孩叫做貧困，而男孩的額頭上刻著「毀滅」二字，這是什麼意思呢？

狄更斯童年家境生變，父親負債入獄，導致狄更斯必須中斷學習當學徒求生存，在坎坷的成長過程中，他親身體驗到工業革命後的英國處處充斥著不公不義。工人在工業革命後成為英國社會的新興族群，但是以營利為目的的資本家掌握了經濟權勢，壓榨勞工，苛待童工，長工時低報酬讓勞動者自身無暇接受教育，更遑論顧及子女的受教問題，因此這些兒童只能長成無知甚至是毫無求援能力的貧民，最後招致毀滅。所以無知、貧困與毀滅恰好成為英國底層人民的輪迴三步驟，而這是狄更斯最在意並強烈譴責之處。

狄更斯認為，社會對待兒童的方式，反映了社會的道德水準。當時的英國除了資本家追逐利益罔顧道德之外，當時盛行的經濟理論比如馬爾薩斯的《人口論》，認為這些貧困無能的人是社會的多餘人口，這些理論無形中助長了資本家壓迫弱勢的氣焰。狄更斯想改變這種思維，所以他讓史顧己在看見他人的苦難後逐漸醒轉，從輕蔑窮人轉而發問：「難道沒有人能夠幫助他們嗎？」

究竟誰能幫助這些孩子呢？

狄更斯在故事的最初與最後提供了答案，故事一開始，馬利的鬼魂就告誡史顧己：「造福人群才是我的工作！慷慨布施、慈悲憐憫、寬宏大量，這些才是我該做的事情！」故事最後，衷心悔改的史顧己，改善員工鮑伯的待遇，援助鮑伯不良於行的兒子小提姆使其免於死亡，並慷慨捐獻，成為倫敦最友善、樂於分享的資本家。這是狄更斯給予能改變英國社會的答案：資本家應該擔負改造社會、造福大眾的責任，就像故事最後，我們都應該像史顧己一樣，作為他人的聖誕老人。

狄更斯認為改善自己，繼而感化他人，社會才能溫馨和樂。他在《耶誕頌歌》結局中創造出的幸福圖像，不僅是當時英國社會亟需的改革，也是現代社會必須努力的願景。史顧己經由三段旅程逐漸反省感悟，此故事結構讓《耶誕頌歌》不僅具有批判社會的功能，也帶來道德救贖的功用。觀看史顧己的轉變，讀者猶如進行了一趟自省之旅，讓心中的慈悲與愛、寬容與謙卑長存心中，體現於人，這也是本書最重要的存在意義。

第一章 吝嗇的史顧己

這個故事要從馬利去世後開始說起。他的葬禮紀錄本上有牧師、辦事員、葬儀社人員，以及主祭者史顧己的簽名。只要文件上有史顧己的簽名，一切就不會有問題。

老馬利確實已經不在人世了，就像一根被釘死在門上的釘子一樣。

注意！我的意思並不是說，我知道門釘與死人有什麼特別相似之處。在我看來，棺材釘是所有五金製品裡最堅硬的東西。不過，這個比喻裡隱含著祖先的智慧，假如我隨意修改，成何體統！因此，請容我慎重地再說一遍：馬利已經去世了，就像一根被釘死在門上的釘子一樣。

史顧己知道馬利過世了嗎？那當然！他怎麼可能不知道呢？馬利是他的合夥人，兩人已經合作許多年了。史顧己是馬利唯一的遺囑執行人、唯一的遺產管理

人與受讓人、唯一的朋友，也是唯一的送葬人。史顧己並沒有因為這件事感到特別難過，相反地，葬禮當天他仍舊像個精明的生意人那樣，以非常經濟實惠的方式完成了所有的喪葬儀式。

提到馬利的葬禮，讓我想起前面所說的話。馬利確實已經死了，要是你忘了這件事實，那麼我接下來要說的故事就一點也不精采了。這就好比如果我們在欣賞《哈姆雷特》的演出前，不知道哈姆雷特的父親早已命喪黃泉，那麼他父親在吹著東風的夜裡跑到城牆上閒晃，就沒有什麼了不起了。除此之外，他那位心靈脆弱的兒子也就不會被嚇個半死了。

史顧己一直沒有把馬利的姓氏塗掉，因此在馬利去世許多年後，公司門口的招牌上仍然寫著「史顧己與馬利」。大家都稱這家公司為「史顧己與馬利」。有時候，不熟識的客人會稱史顧己為史顧己，有時候又會喚他馬利，但無論人們怎麼稱呼他，他都會回答，因為兩者對他來說，並沒有什麼差異。

噢，史顧己是一個非常吝嗇的人！他什麼都想緊緊抓在手裡，簡直就是一個貪得無厭的老壞蛋！他刻薄得像一塊打火石，而且從來沒有哪根鋼棒能夠在他身上打出慷慨的火花。他總是沉默寡言、獨來獨往，內心的冷漠使他的外表蒙上一層冰霜，凍得他嘴唇蒼白、鼻頭紅通通、滿臉都是皺紋。此外，他步履蹣跚，說話的聲音相當刺耳，他的頭髮、眉毛和鬍子也都因為時間的流逝而變得花白。無論他走到哪裡，四周的溫度都會馬上降低，即便是在最炎熱的天氣，辦公室也會因為他而變得冷冰冰。

史顧己絲毫不受外界溫度影響。暖和的天氣不會使他感到溫暖，嚴寒的氣候也刺激不了他，因為他比寒風更令人難以忍受，比冬雪更想冰封大地，比暴雨更冷酷無情。惡劣的天氣一點也傷害不了他，即便是再猛烈的大雨、暴雪和冰雹，也只有在某方面能夠勝過他——那就是它們時常大方地貢獻自己擁有的一切，而史顧己卻始終一毛不拔。

當史顧己走在街上時，不會有人向他親切地說：「親愛的史顧己，你好嗎？什麼時候到我家坐坐？」也沒有乞丐會求他施捨一點小錢，就連孩童也不會去詢問他現在幾點鐘。在他的一生中，從來沒有一個男人或女人向他問路，甚至連導盲犬也認得這位刻薄的男人，每當牠們看見他迎面走來，就會把主人拉進屋裡，然後搖著尾巴，好像在說：「失明的主人啊，與其長著一雙那樣冷漠的雙眼，倒不如沒有眼睛！」

然而史顧己才不在乎呢！這一切反而正中他的下懷！他會在擁擠的人生道路上，警告所有富有同情心的人和他保持距離，這就是大家稱史顧己為「瘋子」的由來。

話說曾經有一天——一年當中最美好的那個日子，也就是聖誕節前夕——史顧己坐

在他的辦公室裡忙碌著。當時外頭寒風刺骨，天色陰暗，四周瀰漫著濃濃的霧氣。他聽見街道上的行人為了取暖而不停地走動，也聽到許多人在石板路上用力地跺著雙腳。

城裡的鐘才剛敲過三點，外面卻已經暗得幾乎伸手不見五指。其實，這一整天的天色不曾明亮過。此時，燭光在附近幾家辦公室裡閃爍著，彷彿灰濛濛的霧氣中點綴了許多紅色斑點。霧氣實在太濃了，即使僅隔著一個狹小的院子，對面的房屋也模糊得像一幢幢鬼影。

史顧己讓辦公室的房門敞開著，這樣才能盯著那位正在另一個陰暗小房間內抄寫信件的辦事員。史顧己房間裡的火堆非常小，但辦事員房裡的火，更是小得好像

只剩一塊煤炭在燃燒。可是他不能添加炭火，因為炭箱放在史顧己的房間裡，要是他拿著鏟子走進去，肯定會聽到老闆對他說：「你被開除了！」因此，辦事員只能圍上他那條長長的羊毛圍巾，設法用燭火來取暖。

「舅舅，聖誕快樂！」一個愉悅的聲音叫嚷著。那是史顧己的外甥，因為他腳步飛快，所以當史顧己發現他時，他已經走進來了。

「哼，無聊！」史顧己說。

他的外甥雖然冒著濃霧和嚴寒的天氣趕來這裡，卻因為快步行走的關係，所以全身上下都暖烘烘的。他的雙眼閃閃發亮，呼出的熱氣在眼前凝結成一團團的白煙。

「舅舅，您怎麼能說聖誕節無聊呢？」史顧己的外甥說，「我相信，您一定是在開玩笑。」

「我就是那個意思！」史顧己說，「聖誕快樂？你有什麼資格快樂？有什麼理由快樂？你一個窮光蛋要怎麼快樂？」

「別這麼說。」外甥仍舊高興地回應，「那麼您又有什麼資格不開心？有什麼理由不快樂？您很富有啊！」

史顧己一時想不出更好的答覆，只好說：「哼，無聊！」

「別生氣了，舅舅。」外甥說。

「我怎麼能不生氣呢？」史顧己回答，「誰叫我住在一個到處都是傻瓜的世界裡！聖誕節有什麼快樂的？這個時候，你只會發現自己沒有錢繳帳單，而且除了年紀增加之外，口袋裡的錢一點也沒有改變！要是我當上國王，一定要將到處對人說『聖誕快樂』的傻瓜全部抓起來，丟進鍋裡和布丁一起蒸熟，然後再用一根冬青樹枝把他們串起來！」

「舅舅！」外甥求饒道。

「我一點也不想慶祝。」史顧己嚴厲地說，「你告訴我，這個節日究竟對你有什麼好處？」

「我敢說，雖然有很多事情對我來說是好事，但我並未真的從中獲得實際的利益。」外甥回答，「聖誕節就是一個例子。姑且不論它的名稱與起源，我認為它就是一個用來行善、寬恕與布施的好日子。據我所知，在漫長的一年裡，只有在這個時候，大家才會無所顧忌地敞開心扉，去關心比他們困苦的人們，並將那些人視為一起邁向人生終點的夥伴。因此，舅舅，雖然聖誕節從未帶給我任何錢財，我仍然覺得它是一個美好的節日。」

小房間裡的辦事員聽了這番話，忍不住鼓掌附和，但他馬上意識到這個舉動非常不恰當，於是尷尬地撥了撥火堆，把那微弱的火花弄熄了。

「再讓我聽見你發出聲音，你就可以辭職回家去過聖誕節了。」史顧己忿忿地對辦事員說完後，又轉向他的外甥繼續說，「你是個很有說服力的演說家，怎麼不去競選國會議員呢？」

「別生氣了，舅舅。明天到我家來吃晚餐吧！」

沒想到，史顧己竟然說：「好，等我去世後，我就去看你。」

「這是為什麼？」外甥大叫。

「你為什麼結婚？」史顧己反問。

「因為我戀愛了。」

「因為你戀愛了！」史顧己咆哮著，彷彿聽到另一件和「聖誕快樂」一樣荒唐的事情。接著，他面無表情地說：「請慢走！」

「別這樣，舅舅。在我結婚之前，您也從來沒有去拜訪過我呀！現在怎麼可以拿我結婚了當作不來的藉口呢？」

「請慢走！」史顧己又一次下了逐客令。

「看到您如此堅持，我感到非常難過。雖然您拒絕了我的好意，但我還是要祝您聖誕快樂！」

「請慢走。」史顧己說。

縱使史顧己的態度冷若冰霜，他的外甥在離開時仍舊毫無怨言。外甥在門口停留了一會兒，並祝賀辦事員佳節愉快。雖然那位辦事員冷得直發抖，但他還是熱情地回應了對方的祝福。

辦事員送史顧己的外甥出去後，又讓另外兩個人進來。他們是兩位有點發福的紳士，看起來和藹可親。此時，兩人脫下帽子，站在史顧己的辦公室裡。他們手裡拿著簿子和文件，向史顧己鞠了個躬。

「這裡是『史顧己與馬利』公司吧？」其中一位紳士看著手上的名冊說，「請問我可以和史顧己或馬利先生談一談嗎？」

「馬利先生已經在七年前的今天去世了。」史顧己回答。

「我們深信，他的合夥人一定也和他一樣慷慨大方。」那位紳士一邊說，一邊將募款文件遞過來。

史顧己和馬利的個性確實很相似，因此史顧己一聽到「慷慨大方」這個不祥的字眼，立刻眉頭緊蹙，把那張文件推了回去。

「史顧己先生，在這個歡樂的佳節裡，我們應該比平時更樂於救濟窮困的人們。」那位紳士拿起一支筆，繼續說，「他們現在正處於飢寒交迫的窘境，成千上萬的人都在等待您伸出援手。」

「難道沒有監獄嗎？」史顧己問。

「有很多監獄啊。」那位紳士說著，把筆放了下來。

「那麼救濟院呢？現在還有營運嗎？」史顧己追問。

「有。」

「那麼，《濟貧法》也還在實施囉？」史顧己又問。

「是的，先生。」

「噢！剛才我聽到您說的話，還以為政府發生了什麼事呢！」史顧己說，「既然那些機構和法律都還在，那我就放心了。」

「據我們所知，政府並不會在這個節日特別照顧百姓。」那位紳士說，「因此，我們幾個人才會發起募捐，替窮人買一些食物和禦寒的用品。此刻正是那些人最艱困的時候，生活富足的人理當救助他們。請問我該替您寫些什麼呢？」

「什麼都不必寫！」史顧己回答。

「您是希望匿名捐贈嗎？」

「我希望不要有人來打擾我！」史顧己說，「在聖誕節的時候，我既不尋歡作樂，也不會出錢讓那些懶惰的人得到快樂。我繳的稅金都被政府拿去興建剛才所提到的社會機構，而他們提供的資源也已經夠多了。那些生活貧困的人，就該到那些地方去。」

「可是，有許多人想進卻進不去，還有一些人寧死也不肯去。」

「如果他們寧願一死，那就隨他們去吧！」史顧己說，「這樣正好可以減少一些多餘的人口。還有，我實在不懂這些事。」

「但您可以試著去了解啊！」那位紳士仍不放棄希望。

「那不干我的事！」史顧己回答，「一個人只要管好自己的事情就夠了，不必再去多管閒事。兩位，再見！」

那兩位紳士看得出多說無益，便告辭了。史顧己一邊繼續手邊的工作，一邊為自己的言論洋洋得意，心情比剛才愉快多了。

這時，霧愈來愈濃，天色也愈來愈昏暗，許多人舉起火把，替馬車引路。那座破舊的教堂鐘樓上，一個聲音沙啞的老鐘原本總是偷偷地往下凝視著史顧己，然而此刻它被濃霧團團包圍，只能孤零零地做著報時的工作，發抖的鐘聲彷彿是它的牙齒在打顫。

天氣嚴寒的大街上，巷道轉角處有幾名工人在修理煤氣管路。他們燒了一盆熊熊烈火，一群衣衫襤褸的男人和少年聚在一起，高興地伸出雙手取暖。被丟棄在一旁的水龍頭，滲出來的水孤單地凝結成凍。店鋪裡明亮無比，只見高掛的冬青樹枝和紅莓果被燭火的熱氣烤得劈啪作響，商店裡投射出來的光線，照紅了每一位行人蒼白的臉龐。

霧變得更濃，氣溫也變得更低了。刺骨的寒風像利刃一樣尖銳，街上的人們想躲也躲不掉。這時，一個鼻尖被凍得通紅的孩子彎下腰來，對著史顧己公司大門上的鑰匙孔唱著聖誕頌歌：

上帝保佑您，快樂的先生！

祝您萬事如意！

但是歌聲才剛傳進屋裡，史顧己就已經惡狠狠地抓起一把長尺，嚇得唱歌的孩子落荒而逃。

下班的時間終於到了。史顧己不情願地從椅子上站起來，准許辦事員收拾手邊的工作。滿心期待的辦事員立刻熄滅燭火，戴上帽子。

「我想，你明天大概整天都不來上班吧？」史顧己問。

「是的，先生，如果方便的話。」

「一點也不方便！」史顧己說，「而且也不公平。要是我因此扣你半克朗的薪水，你一定也會覺得很不公平吧？」

辦事員尷尬地笑了笑。

「可是，就算你沒來上班，我還是得付你一天的工資，而你這時倒不覺得我吃虧了。」史顧己又說。

辦事員說，一年也就這麼一次而已。

「這不過是每年十二月二十五日，強取別人錢財的卑鄙藉口罷了！」史顧己一邊將大衣的鈕釦扣到下巴，一邊說，「我想，你明天是非休不可了。記得後天早上要早一點到！」

辦事員答應他一定會提早到，史顧己這才心不甘情不願地走了出去。一眨眼的工夫，辦事員就已經把公司大門緊緊地關上了。他跟在一群男孩後面，沿著康希爾街來回滑行了至少二十次，然後才開心地跑回位於康登鎮的家。

史顧己則到他經常光顧的餐館去，吃了一頓無聊的晚餐。他用看報和欣賞自己的銀行存摺來消磨剩餘的時光，接著走回家，準備上床就寢。

第二章　馬利的鬼魂

他住的屋子是他死去的合夥人留下的，座落於一個不起眼的院子裡。這棟屋子的外觀與周遭房屋相當不搭調，不禁讓人以為它是在年輕時與其他房子玩捉迷藏，結果不小心躲到這裡，卻又忘了怎麼走出去。如今它顯得老舊陰鬱，只有史顧己一人住在這裡，其他房間都租出去作為辦公室了。

這時候的庭院漆黑一片，即便是熟知這裡每一塊磚瓦的史顧己，也不得不用雙手摸索著行走。古老的大門四周瀰漫著凜冽的霧氣，彷彿掌管氣候的神靈就坐在門口傷心地沉思。

這個大門除了擁有一個巨大的門環之外，就再也沒有任何特別之處了。自從史顧己住進來以後，他每天都會看見那個門環，而他也和其他住在倫敦市裡的人一樣缺乏奔放的想像力。除此之外，史顧己除了在今天下午短暫地提起過那位去

世已久的合夥人，其他時間就再也沒有想起過他了。可是，當史顧己把鑰匙插進鎖孔裡時，居然發現門環上的圖案變成了馬利的臉！

馬利的臉孔和院子裡的其他東西不同，他並未籠罩在漆黑的陰影裡，而是散發出一絲慘澹的微光，彷彿陰暗地窖裡的腐敗龍蝦。那張臉上沒有任何可怕的表情，只是像從前那樣看著史顧己。馬利的頭髮詭異地飄動著，好像有一股看不見的風正在吹拂；他的雙眼圓睜，卻連眨也不眨一下；這副模樣再加上死灰般的臉色，使得整張臉看起來相當駭人。然而真正恐怖的並不是他的臉部表情，而是他所散發出來的詭異氛圍。

史顧己揉了揉眼睛，再次凝視，結果臉孔又變回了門環。

如果硬要說史顧己沒有被驚嚇到，或是內心裡沒有任何害怕的感覺，那絕對是騙人的。不過，他還是把縮回來的手伸到鑰匙孔前，冷靜地開了門走進屋內，然後把燭火點燃。

關上大門之前，他確實躊躇了一下，並且小心地查看了門的背面。其實，他覺得有很大的機率會看見馬利那條豬尾巴似的辮子，但除了幾根用來固定門環的螺絲之外，什麼也沒有。於是他嘟噥了幾聲後，就砰地一聲把門關上了。

關門聲像雷聲似地在屋內四處回響。樓上的每一個房間和樓下的地窖，全都發出了不同的回聲。史顧己並沒有因此受到驚嚇，他把門鎖好，穿越走廊，沿著樓梯緩緩走上樓。

你可以誇大其辭地說要把一輛六匹馬拉的馬車，開上這個老舊的階梯，或是駛進國會新法案的法條漏洞裡。不過，我真正想說的是，這棟屋子的樓梯非常寬敞，足以將一輛靈車橫著開上樓梯，讓車頭的橫木對著牆，車尾的門面對欄杆。也許就是因為這樣，史顧己才會覺得自己在陰暗的光線裡，看到

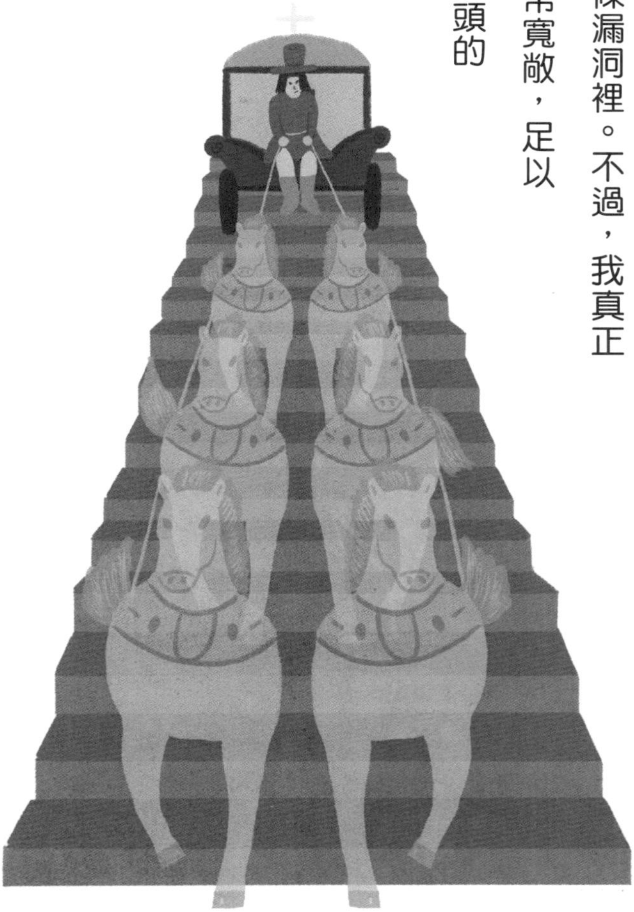

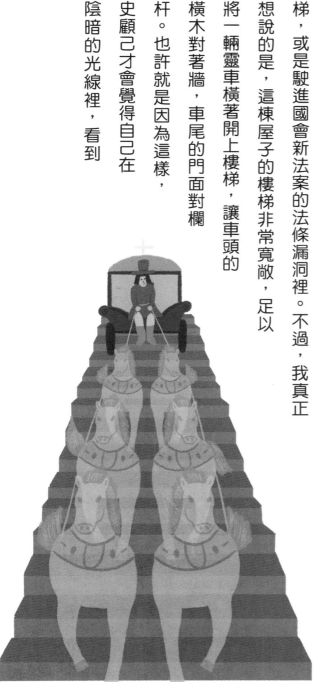

一輛靈車在眼前移動。即使屋外有許多盞煤氣燈，也無法將大門口照亮，因此你不難想像，史顧己只拿著一根小蠟燭，樓梯間會有多麼昏暗了。

史顧己繼續往上走，一點也不在意四周的黑暗，因為這代表他不用花錢，任何不需要花費金錢的東西他都喜歡，但是他在關上那扇厚重的房門之前，還是先到其他房間走了一遍，確認一切沒有異狀。

客廳、臥室和儲藏室都和原來一樣，沒有任何變化；壁爐裡有個正在燃燒的小火堆；湯匙和餐盤放置得相當整齊；壁爐架上仍然擱著一鍋燕麥粥。儲藏室也和平常一樣，只有放著一個老舊的壁爐柵欄、一雙舊鞋、兩個魚簍、一個臉盆架和一把火鉗。

史顧己小心地關上房門，並將它上鎖，這並非他平常的習慣。他環顧四周，確定不會有人突然衝出來捉弄他後，才解下領帶，換上睡袍和拖鞋，戴上睡帽，坐在爐火前吃起了燕麥粥。

壁爐裡的火苗非常微弱，在這嚴寒的夜裡幾乎起不了什麼作用。史顧己必須緊挨著爐火，才能夠取得一絲暖意。那座壁爐十分老舊，是很久以前一位荷蘭商人建造的。它的四周貼著繪有聖經故事的奇特磁磚，包括該隱與亞伯、法老王的女兒們、示巴女王、從輕柔得像羽毛床的雲朵降下來的小天使、亞伯拉罕、伯沙撒王，以及乘坐奶油碟子出海的信徒們。雖然有那麼多的圖案可以吸引史顧己的注意，但他的腦海裡卻不斷浮現出馬利的臉孔。

「無聊！」史顧己說著，走到房間的另一頭。

來回走了幾趟之後，他又坐了下來。當他把頭往後靠向椅背的時候，他的視線正好落在一把廢棄的手搖鈴上。它原本是作為和屋子最高層的房間聯絡用的工具，可是如今它也派不上用場了。史顧己一看到手搖鈴自己搖晃了起來，立刻嚇得屏住了呼吸。起初，它輕輕地晃動，幾乎沒有發出聲響，但過沒多久便鈴聲大作。同時，屋子裡的其他鈴鐺也都響了起來。

鈴聲大概持續了半分鐘，卻感覺像響了一小時。忽然間，所有的鈴鐺同時安靜了下來。緊接著，樓下傳來一陣鏗鏘的聲響，彷彿有人在酒桶上方拖著一條粗重的鐵鍊。這時，史顧己猛然想起以前曾經聽過的傳聞：在鬧鬼的房子裡，鬼魂就是這樣拖著鐵鍊走動的。

地窖的門砰地一聲被打開，他聽見樓下傳來的聲音愈來愈響亮了。那個聲音上了樓梯，一步步朝他的房門逼近。

「不可能！」史顧己說，「我才不相信有這種事！」

雖然他這麼說，但他的臉色愈來愈難看。當那個聲音穿越厚重的房門走到火爐前時，原本快要熄滅的火焰突然往上跳動，似乎在大喊：「我認識他！是馬利的鬼魂！」然後又暗了下去。

沒錯，就是那張臉。紮著髮辮的馬利穿著平時穿的背心、燈籠褲和皮靴。靴子上的流蘇緩緩飄動，就和他的豬辮子一樣。一條長長的鐵鍊纏繞在他的腰部，像尾巴似地拖在身後。史顧己仔細一看後發現，這條鍊子是由許多不同的東西所組成的，有保險箱、鑰匙、鎖頭、帳簿、契約，以及鋼製的沉重錢包。鬼魂的身體是透明的，因此史顧己可以從正面看到他大衣後面的兩顆鈕釦。

史顧己過去常聽人家說馬利是沒心沒肝的人，以前他都不以為然，現在他總算相信了。

不，其實正確來說，他此刻還是不相信。他仔細地打量著那個鬼魂，即使他就站在他的眼前；即使鬼魂那雙死氣沉沉的雙眼看得他直打寒顫，他還是不願相信自己所看到的一切。

「怎麼啦？」史顧己用平常那種刻薄的語氣說，「你找我有什麼事？」

「事情多著呢！」毫無疑問，這是馬利的聲音。

「你是誰？」

「你應該問我以前是誰。」

「那麼，你以前是誰？」史顧己提高音調說，「對一個『鬼魂』來說，你還真是吹毛求疵。」其實，他本來是要說「對一個影子來說」，但是為了表達得更貼切，只好改用「鬼魂」來代替。

「我生前是你的合夥人雅各·馬利。」

「你可以……可以坐下嗎？」史顧己疑惑地問。

「可以。」

「那就坐吧。」

史顧己之所以這樣問，是因為他不知道透明的鬼魂能否讓自己坐在椅子上。沒想到，馬利的鬼魂居然非常輕鬆地就坐到了壁爐旁的沙發椅上。

「你不相信我。」鬼魂說。

「我是不信。」史顧己說。

「除了理智之外，你還需要什麼證據才能相信我真的存在？」

「我不知道。」史顧己說。

「你為什麼要懷疑自己的感覺？」

「因為，」史顧己說，「感官很容易受外在刺激影響，譬如我的胃只要出了一點問題，就會影響我在工作上的判斷。或許我是因為消化不良才會看到你，不管你是什麼，總之你絕對不是鬼魂！」

接下來有好長一段時間，鬼魂就這樣死死地瞪著史顧己，讓那位鐵齒的合夥人感到相當不自在。更糟的是，史顧己發現那個鬼魂的周遭散發著一股陰森森的氣息。他雖然一動也不動地坐著，但是他的頭髮、衣襬和流蘇，卻彷彿被看不見的風吹動似地飄動著。

「你看得見這根牙籤嗎？」史顧己說。他希望鬼魂能把視線移開，即使只有一秒鐘也好。

「我看得見。」鬼魂回答。

「你根本沒有看著它！」史顧己說。

「反正我看得見就是了。」

「好吧！」史顧己大叫，「我要把這根牙籤吞下肚，這樣就不會再被自己幻想出來的神靈騷擾了！我告訴你，這一切真的太荒謬了！」

那個鬼魂聽了這番話後，立刻發出可怕的吼叫聲。他搖晃著鐵鍊，製造出低沉駭人的聲響。史顧己嚇得跪倒在地，顫抖地握著雙手。

「饒了我吧！」他說，「可怕的鬼魂，你為何要來糾纏我？」

「你這凡夫俗子！」鬼魂說，「現在你相信了嗎？」

「我相信！」史顧己回答，「可是，為什麼鬼魂會出現在人間？又為什麼要來找我呢？」

「每個人都必須遊遍人間。」鬼魂說，「假如那個人生前沒有做到，死後就得在世間遊蕩，親眼目睹活人享受幸福。唉，真是痛苦啊！」

說到這裡，鬼魂又大吼一聲，然後猛搓著那雙透明的雙手。

「你為什麼拖著鐵鍊？」史顧己顫抖地問。

「這條鍊子是我生前鑄造的。」鬼魂緩緩地回答，「我自願戴上它，自願被它束縛。難道你不覺得它的形狀很眼熟嗎？」

史顧己抖得更厲害了。

「我想，你應該想知道纏在你身上的那條鐵鍊有多重吧？」鬼魂繼續說，「我告訴你，七年前的今天，它就和我的一樣重、一樣長了。在那之後，你又不停地鑄造，因此你的鍊子早已比我的還要沉重了啊！」

史顧己看了看四周的地板，以為會發現自己被一條約一百公尺長的鐵鍊緊緊包圍，然而他卻什麼也沒看到。

「雅各！」他哀求道，「請對我說一些安慰的話吧！」

「我能透漏的也只有這麼多了。」鬼魂回答，「況且，我不能歇息，不能停留，也不能任意遊蕩。你聽我說，我這輩子都不曾離開過我們的收銀櫃，所以眼前還有許多令人疲憊的旅程在等著我！」

「這七年，你一直都在到處漂泊嗎？」史顧己問。

「沒錯，而且被懊悔持續折磨著。」

「那麼，你應該已經走過不少地方了啊！」史顧己說。

鬼魂聽了這句話又叫了起來，並把鐵鍊甩得噹噹作響，在這寂靜的夜裡聽起來格外嚇人。要是守夜人聽見，一定會控告他擾亂安寧。

「噢！我們這些被欲望蒙蔽雙眼的人，哪裡知道千百年來，許多人為了功成名就馬不停蹄地工作，卻總是看不到豐厚的成果便撒手人寰了。」鬼魂叫道，「我們也不知道，許多擁有古道熱腸的人都在各自的領域裡欣然付出，卻仍然感慨生命太過短暫；我們更不知道，即使死後有再多的悔恨，也無法挽回那些被浪費的時光。噢！從前的我就是不明白這些道理！」

「雅各，但是你生前的工作一直都做得很好啊！」史顧己顫抖地說著，他開始覺得自己將來會落得和馬利一樣的下場。

「工作！」鬼魂大叫，「造福人群才是我的工作！慷慨布施、慈悲憐憫、寬宏大量，這些才是我該做的事情！金錢交易和利益交換只占了我所有工作的萬分之一，而我卻偏偏執著於這些沒有意義的事情！」

他伸長手臂，舉起鏈條，彷彿它正是自己後悔莫及的根源，然後又重重地把它摔到地上。

史顧己聽到鬼魂這樣說，害怕得直發抖。

「聽我說！」鬼魂大叫，「我的時間快用完了。」

「我會聽，可是不要對我太嚴厲！」史顧己說，「雅各，求求你，不要說得那麼可怕！」

「今晚我來這裡，就是要警告你，讓你有機會擺脫跟我一樣的命運。」鬼魂說，「艾本尼澤，這是我特地為你爭取到的機會與希望。」

「你過去一直都是我的好朋友。」史顧己說，「謝謝你！」

「有三個幽靈會來找你。」鬼魂繼續說。

史顧己的臉瞬間垮了下來。

「雅各，這就是你剛才提到的機會與希望嗎？」他顫抖地問。

「沒錯。」

「我想……我寧可不要。」史顧己說。

「如果他們沒有來找你，你肯定會步上我的後塵。」鬼魂說，「第一個幽靈會在明天凌晨一點的鐘聲敲響時出現；第二個幽靈會在後天的同一時刻到訪；第三個幽靈則是在大後天晚上十二點的鐘聲停止時現身。還有，你不會再見到我，為了你自己好，千萬別忘了今晚發生的一切！」

語畢，鬼魂從史顧己的面前往後退，他每退一步，窗戶就自動往上開一點，等到他退到窗邊時，窗子已經完全敞開來了。鬼魂示意史顧己走向前，史顧己立刻照做。當他們之間剩下不到兩步的距離時，鬼魂舉起一隻手，要求他不要再往前走，史顧己便停下腳步。

與其說史顧己對他唯命是從，倒不如說他是因為受到太多的驚嚇才會如此。鬼魂的手一抬，他就聽見窗外傳來嘈雜的聲響，包括斷斷續續的嘆息聲，以及自責的哭訴聲。鬼魂聽了一會兒後，也加入了齊唱哀歌的行列，投入那冷冽漆黑的夜空裡。

史顧己好奇地走到窗戶旁，瞪大雙眼朝外面張望。

空中充滿了四處飄蕩的鬼魂，而且每個都痛苦地呻吟著。他們都像馬利的鬼魂那樣身上纏著鐵鍊，少數幾個被綁在一起，沒有一個是自由的。在他們當中，有許多在生前都是史顧己認識的人，其中一位身穿白背心、腳上綁著巨大鐵製保

險箱的老鬼魂，曾經和他相當熟稔。他因為無法幫助那位坐在門階前的可憐婦女，所以哭得十分傷心。顯然，所有鬼魂都因為失去助人的能力而感到痛苦。

史顧己無法確定，那些鬼魂究竟是漸漸消失在濃霧裡，還是濃霧把他們吞噬了。總之他們消失了，黑夜又恢復了寧靜。

他關上窗戶，又去檢查了鬼魂進來的那扇門。門確實上了鎖，門閂也沒有被動過的跡象。他正想說聲「無聊！」但他只說了第一個字就閉上了嘴。剛才的可怕經歷讓他感到相當疲憊，他直直地走到床前，沒有脫去睡袍，便直接倒頭就睡了。

第三章 第一個幽靈

史顧己醒來時，四周一片漆黑。他從床上望過去，幾乎無法分辨出窗戶與牆壁。當他在黑暗中摸索時，教堂的鐘聲敲響了四下，代表此刻是四點鐘。他豎起耳朵，仔細聆聽接下來會再響幾次。

令他感到訝異的是，沉重的大鐘響了第六次、第七次、第八次……最後總共響了十二次才停下來。十二次！他上床的時候早已超過兩點，大鐘一定是出了什麼問題，否則現在怎麼可能已經十二點了！

「怎麼回事？」史顧己說，「我不可能睡了一整天，直接睡到晚上吧！如果現在是中午十二點，那就是太陽出了問題，但這也不可能啊！」

想到這裡，他嚇得趕緊走下床，摸黑來到窗邊。他用睡袍的衣袖擦去玻璃窗上的霧氣，才勉強看得到窗外的情形，但視線仍舊非常模糊，只能隱約看出外面

沒有行人。

史顧己回到床上，試圖釐清事情的來龍去脈，可是仍舊一無所獲。他愈想愈糊塗，愈是不去想，反而想得愈多。馬利的鬼魂深深困擾著他，每當他下定決心把他當作是一場夢時，他的思緒又會像彈簧一樣反彈回原來的地方，腦海裡重新浮現相同的問題：那真的是夢嗎？

史顧己就在這種情形下躺著，直到聽見大鐘敲了三下，才猛然想起馬利的鬼魂曾警告他，當一點的鐘聲響起時，會有一個幽靈來找他。於是他決定躺在床上保持清醒，等待那一刻的到來。

剩下的時間彷彿有十年那麼漫長，以致史顧己不只一次認為，自己肯定不小心睡著了，才會沒聽見鐘聲。最後，大鐘終於敲響了。

「噹！噹！噹！」

「時間到！」史顧己得意地說，「不過什麼事也沒有發生！」

其實，他是在鐘響前一秒說出這句話的，因此現在一點整的鐘聲正低沉地迴邊著。剎那間，房間裡忽然亮光一閃，同時床邊的帳幕緩緩地被掀開來了。

我告訴你，把帳幕掀開來的是一隻手。而且被掀開的不是他手邊的簾子，而是正對著他臉部的那一面。史顧己嚇得從床上彈起來，他發現自己與那位不速之客正面對面地看著彼此。

幽靈的體型像個小孩，但與其說他像個孩子，倒不如說像個小老頭。他的白髮披散在腦後，顯得有些蒼老，可是臉上卻絲毫沒有任何皺紋，皮膚也十分柔軟紅潤。他長長的雙臂肌肉發達，兩隻手掌也充滿力道；他的雙腳也和手臂一樣白嫩有力。幽靈身穿白色長袍，腰部束著一條閃閃發亮的腰帶，手裡握著一根鮮綠的冬青樹枝。不過冬青象徵冬天，他的衣服上卻點綴著夏天花朵的圖案。

最奇怪的是，他的頭上有一道明亮的光圈，史顧己就是藉著這道光芒，才看清他的容貌。史顧己猜想，幽靈那一頂夾在腋下的帽子可能是一個熄燈器，只要把它戴在頭上，就可以讓他隱身於黑暗中。

儘管如此，當史顧己愈來愈專注地盯著幽靈看時，就發現剛才看到的景象並不是最奇怪的。因為他的腰帶會突然這裡閃一下，那裡亮一下，而他的外型就在這閃爍之際變來變去：有時只有一隻手臂，有時只有一條腿，有時又變成二十條腿，有時有兩條腿卻沒有頭，有時有頭卻沒有身體。那些消失不見的部分融入了漆黑的幽暗中，一點輪廓也看不見。在史顧己看得目瞪口呆時，幽靈的容貌突然又恢復了正常。

「先生，您就是要來找我的幽靈嗎？」史顧己問。

「沒錯！」那聲音輕柔又低沉，彷彿是從遠處傳來的。

「您是誰？」史顧己問。

「我是『過去的聖誕節幽靈』。」

「很久以前的嗎？」史顧己盯著他矮小的身材問。

「不是，是你的過去。」

「請問您來這裡做什麼？」

「我來是為了你好！」幽靈說。

史顧己表示非常感激，但他的心裡卻忍不住想，如果幽靈真心為他好，就應該讓他一覺到天亮。幽靈一定聽到了他的心聲，因為他馬上說：「我是為了讓你改過自新！注意了！」

他一邊說，一邊伸出強壯的手，輕輕抓住史顧己的手臂。

「起來！跟我走！」

即使史顧己用了許多理由向幽靈懇求，說現在的天氣不適合到外面散步、他不想離開暖和的床鋪、他衣著單薄，身上只穿著睡袍、睡帽和拖鞋、他已經感冒了，不宜外出等，幽靈仍然緊緊抓著史顧己的手，因此他只好乖乖地站起來。當他發現幽靈帶他走向窗邊時，他又忍不住抓著他的衣服討饒。

「我只是一個凡人，從這裡走出去會摔死的！」史顧己說。

「只要讓我的手碰著你，你就可以飄起來了。」幽靈說著，把手放在史顧己的心窩上。

話才剛說完，他們就已經穿過牆壁，站在一條寬闊的鄉間道路上，兩旁都是原野。整個城市瞬間消失得無影無蹤，連個影子也看不見。黑暗與濃霧也隨之消失，眼前所見是一個晴朗、寒冷的冬日，地上積著厚雪。

「天啊！這裡是我小時候居住的地方！」史顧己環顧四周後驚訝地大叫。

史顧己感覺到空氣中瀰漫著千百種氣味，每一種氣味都讓他想起了早已忘記的千百種思緒、希望、歡樂和憂愁！

「你的嘴唇在發抖。」幽靈說。

史顧己哽咽地請求幽靈帶他去他想去的地方。

「你還認得這條路嗎？」幽靈問。

「當然！我閉著眼睛也知道怎麼走！」史顧己熱切地說。

「真奇怪，這些年來你居然不曾想過要回來這裡。」幽靈說，「那我們繼續走吧！」

他們沿著那條路走，史顧己認出了每一扇門、每一根柱子和每一棵樹，接著遠處出現了一座小市鎮，鎮上有一座橋、一間教堂，以及蜿蜒的河流。幾匹毿兮兮的小馬朝他們奔馳而來，馬背上的孩子對著農夫和推車上的其他孩子們大聲打招呼。那些精神抖擻的孩子彼此呼喚，使得廣大的田野裡充滿了歡樂的氣氛，似乎連清新的微風也都聽得笑了起來。

「那些都只是往事的幻影。」幽靈說，「他們不會感覺到我們的存在。」

愉快的孩子們持續迎面走來，史顧己認得每一個人，而且還能叫出他們的名字。為什麼看到他們會令他欣喜不已？為什麼當他們擦身而過時，他冷酷的雙眼會閃耀著光芒？為什麼當他聽見他們在岔路上道別，彼此祝賀聖誕快樂時，他會感到無比開心呢？聖誕節對史顧己來說有什麼好快樂的？討厭的聖誕節！它何曾帶給他任何好處？

「學校裡還有一個孤零零的孩子。」幽靈說，「他被同伴們拋下，獨自留在那裡。」

史顧己說他知道這件事情，然後傷心地哭了起來。

他們倆離開大路，走在一條熟悉的小路上，不久便來到一棟用暗紅色磚塊砌成的房子前，屋頂上有一隻小小的風信雞，和一個掛在高塔內的鐘。那棟房屋很大，看起來卻十分破舊。寬敞的辦公室顯然已經閒置很久，牆壁上長滿了青苔，窗戶和房門也已經破損不堪。家禽在棚舍裡咯咯叫，昂首闊步地走來走去；馬廄和穀倉裡則長滿了雜草。

進入大廳後，他們看到許多敞開門的房間，裡面的布置十分簡陋，沒什麼家具和擺設。空氣裡瀰漫著一股泥土的味道，在這個冷清又空蕩蕩的地方，讓人不由得想起，那些餓著肚子從床上爬起來，卻找不到食物充飢的陳年往事。

幽靈和史顧己穿越大廳，來到房屋的後門前。門自動打了開來，露出一個陰森森的狹長空房間，裡面擺著幾排簡陋的松木長凳和書桌。房裡只有一個孤獨的男孩，正緊挨著一簇微弱的爐火讀書。史顧己看著那個早已被自己遺忘的童年景象，忍不住坐在一張凳子上哭了起來。

幽靈碰了碰史顧己的手臂，指著當年正在認真讀書的他。忽然間，窗外出現了一個身穿異國服裝的男人，他的腰帶上掛著一把斧頭，手裡牽著一隻馱著木柴的驢子。

「噢，那是阿里巴巴！」史顧己興奮地大叫，「是為人老實的阿里巴巴！沒錯，是他！某年聖誕節，那個孤單的孩子一個人在那裡看書時，他也來過。那裡還有隻鸚鵡！牠有綠色的身體和黃色的尾巴，頭上還長著一個像萵苣的東西。當魯賓遜繞著荒島航行一周回到家時，那隻鸚鵡居然對他說：『魯賓遜．克魯索，你到哪裡去了？』那時，魯賓遜還以為自己在作夢呢！還有野人星期五，他正拚命地逃往小海灣！加油啊！」①

要是史顧己那些倫敦商界的朋友們看到他認真談論這些事情，還用半哭半笑的聲音喃喃自語，肯定會感到非常吃驚。

接著，他突然憐憫起以前的自己，喃喃自語地哭著說：「可憐的男孩！」

「我希望……」史顧己用袖子擦乾眼淚，然後把手伸進口袋裡，他向四處張望後，小聲嘟囔著，「可是現在已經太遲了。」

「怎麼了？」幽靈問。

「沒什麼。」史顧己說，「昨天下午，有個孩子在我公司門口唱聖誕頌歌，那時我應該給他一點東西才對。」

幽靈和藹地笑了笑，然後一邊揮揮手，一邊說：「我們再來看看另一年的聖誕節吧！」

話才剛說完，過去的那個史顧己突然變大，房間也變得更加昏暗、髒亂了。壁板萎縮，窗戶破裂，剝離的灰泥碎片從天花板上掉落下來，露出了一根根光禿的木條。這一切究竟是怎麼回事？史顧己和你我一樣搞不清楚。他只知道眼前的

景象確實發生過：當其他孩子返家歡度假期時，他還是孤單地留在那裡。

此刻他並不是在讀書，而是無精打采地來回踱步。史顧己看著幽靈，一邊悲傷地搖著頭，一邊焦慮地朝門口張望。

這時，門打開了，一個年紀比男孩還小的女孩衝了進來，用雙臂抱住男孩的脖子，一連親了他好幾下，喊著：「親愛的哥哥！我來接你回家了！」

「小芳，我可以回家嗎？」男孩問。

「沒錯！」小女孩滿心喜悅地說，「回家，永遠離開這裡，從此住在家裡。爸爸比以前和藹多了，現在家裡簡直就像是天堂！有一天晚上，當我要上床睡覺的時候，他非常溫柔地對我說話，所以我就鼓起勇氣問他能不能讓你回家，結果他不但一口答應，

還讓我坐馬車來接你。你再也不用回到這裡來了！」

「小芳，你真像個大人！」男孩大聲說。

她拍著手大笑，想要摸摸他的頭，可是因為個子太小而搆不到。她又笑了起來，踮著腳抱住哥哥，然後熱切地把他拉往門口。

走廊上響起了一陣可怕的叫喊聲：「快過來把史顧己少爺的行李搬下來！」接著校長出現在走廊上，並用凶狠的眼神盯著史顧己。後來，他帶著史顧己和小女孩走進一個冷冰冰的會客室，牆上的地圖和窗臺上的地球儀都結了一層白霜。校長拿出一塊硬邦邦的蛋糕，分給兩個孩子當點心。

這時候，史顧己少爺的行李已經綁在馬車的車頂了，兩個孩子非常興奮地和校長道別後，坐上馬車，沿著校園內的彎道飛馳而去，急速轉動的車輪把萬年青樹葉上的白霜震得四處飛濺。

「她總是那麼嬌弱，彷彿吹一口氣就可以讓她跌倒。」幽靈說，「但是她卻有高尚的胸懷！」

「沒錯，我一點都不否認。」史顧己說。

「她去世的時候已經是個婦女了。我想，她應該有小孩吧。」幽靈說。

「是有一個孩子。」史顧己回答。

「那就是你的外甥囉！」幽靈說。

史顧己的心裡似乎有點難受，因此只是簡單地回答：「沒錯。」

雖然他們才剛離開那座學校，但現在卻已經站在熱鬧的大街上了。馬路上的行人熙來攘往，貨車和馬車也在擁擠的街道上與人爭道，場面無比嘈雜。從那些商店的布置看來，這裡顯然也正在過聖誕節。只不過這次的時間在晚上，街上的燈都點亮了。

【知識小寶典】

① 這些應該是指史顧己年少時，曾經閱讀過的故事內容。

第四章 美好的舞會

幽靈在一家商店的門口停下來，問史顧己是否認得這裡。

「當然認得，」史顧己說，「這是我當學徒的地方！」

他們一起走進店裡，一位戴著威爾斯羊毛假髮的老先生，正坐在一張高高的辦公桌後面，要是他的身高再高個兩英寸，他的頭恐怕就要撞上天花板了。

史顧己一看見他，立刻激動地大叫：「老費茲維格怎麼會在這裡？一定是上帝保佑，老費茲維格又活過來啦！」

老費茲維格放下筆，抬頭看看時鐘，時針正指著七點。他搓著手，整理了一下身上寬鬆的背心，開懷大笑起來。

他用那令人感到愉快且渾厚的聲音喊道：「快來呀！艾本尼澤！迪克！」

這時的史顧己已經成長為一位少年了，他輕快地跑了進來，身後跟著另一位

學徒。

「沒錯，是迪克．威爾金斯！」史顧己對幽靈說，「我的天啊！他居然出現在這裡！我們以前非常要好啊！」

「孩子們！」費茲維格說，「今晚是聖誕夜，所以不用再工作啦！你們倆趕緊把門板裝上吧！快，給你們十二秒！」

任誰都無法相信這兩個小夥子的動作有多麼快！他們拿著門板衝到門口──一、二、三──門板裝回原位──四、五、六──拴緊固定──七、八、九──老費茲維格還沒數完十二秒，他們倆就已經氣喘吁吁地跑回屋裡了。

老費茲維格一邊敏捷地從高高的辦公桌上跳下來，一邊大叫：「孩子們，快把東西清一清，騰出一個空間來！」

在老費茲維格的督促下，兩個小夥子立刻把所有可以挪動的東西都搬走了。除此之外，他們也將地板掃了一遍，修剪了每盞燈的燈芯，並往爐火裡添加了許多木柴。商店頓時搖身一變，成了一間舒適又暖和的明亮舞廳。

一位小提琴手率先走了進來，他爬上那張高高的辦公桌，將那裡作為演奏用的舞臺。他調音的時候，簡直就像有五十個胃痛的人同時呻吟般令人難受；沒過多久，費茲維格太太滿臉笑容地走進屋內；過了一會兒，老費茲維格的三個寶貝女兒也來了，她們笑容可掬，非常討人喜歡，跟在她們後面的則是六個年輕的追求者；店裡僱用的年輕男女員工也都來了，就連女僕也帶著她那當麵包師傅的表哥一同參與盛會。

大家陸陸續續地走進來，有的害羞，有的大方，有的姿態優雅，有的笨手笨腳，所有人都熱情地互相打著招呼。沒多久，二十對男女到舞池中央跳舞，他們手牽著手轉了半圈，然後又往另一個方向繞了半圈。帶頭的那對老是走錯位置，於是他們身後那對就成為了新的領舞；新帶頭的那對一跳錯，就又出現一對新的領舞；到最後，每一隊都成了領舞，後面沒有任何人可以出來接應。

等到這個局面一出現，老費茲維格就會拍拍手要大家停止動作。這時，臉頰熱呼呼的小提琴手趁機猛灌了一口黑啤酒。儘管沒有人跳舞，他卻不願意休息，立刻又演奏了起來，彷彿之前的那個樂師已經筋疲力盡，被人抬回家休息，現在的則是另一個全新的自己。

大家跳了幾支舞，玩了幾輪沒收遊戲①，接著又繼續跳起舞來。他們享用了蛋糕、尼格斯酒、一大塊冷掉的烤肉與蒸牛肉，還有碎肉派和大量的啤酒。吃飽喝足後，小提琴手開始演奏起舞曲〈羅傑·德·柯維利爵士〉。

老費茲維格與他的妻子來到舞池共舞，接在他們身後的有二十三、四隊，大家竭盡所能地展現舞技，比起走路，這些人更懂得跳舞。

不過，即使下場跳舞的人數再增加一倍，甚至是四倍，老費茲維格和他的妻子也有辦法

應付。說到費茲維格太太，她的舞技一點也不輸給丈夫，而且無論在任何方面，她都足以配得上老費茲維格。要是你認為這句讚美她的話還不夠好，那麼就請告訴我一句更好的，我會馬上採用。

老費茲維格的小腿彷彿散發著光芒，看起來就好像兩個月亮在舞池間閃閃發光。無論何時，誰也猜不出下一刻他會跳出什麼舞步。老費茲維格夫妻倆游刃有餘地跳著這支舞，他們牽著對方的手，一個前進，一個後退，一個鞠躬，一個屈膝回禮，然後一個站著不動，另一個打轉後再回到原本的位置。接著，老費茲維格跳到半空中，兩條腿迅速前後擺動，最後穩

穩著地，身體絲毫沒有搖晃。

大鐘敲響十一點時，這個家庭舞會結束了。老費茲維格夫妻倆分別站在大門的兩邊，與每位離開的賓客握手致意，並祝福他們聖誕快樂。等所有人都離開，只剩下那兩位學徒時，夫妻倆也一樣微笑地祝賀他們佳節愉快。歡樂洋溢的喧鬧聲逐漸消退，獨留兩個小夥子回到店裡櫃臺下的床鋪，準備就寢。

在這段期間裡，史顧己看起來有些魂不守舍。他全神貫注地投入在舞會上，以及昔日的自己。他認真地看著每一幕回憶，內心突然湧現一股莫名的悸動。直到年輕時的自己和迪克把快樂的臉龐轉過去，他才想起幽靈的存在。此時，頭頂綻放光芒的幽靈正目不轉睛地盯著他看。

「一點小事就讓那兩個傢伙對他感激涕零。」幽靈說。

「小事！」史顧己重複道。

幽靈作勢要他注意聆聽那兩個學徒的談話，他們正滿懷感激地稱讚老費茲維格。史顧己聽得入神，這時幽靈又開口說：「難道我說錯了嗎？他只不過花了幾毛錢，就值得受到你們這麼多的誇讚？」

「話不能這樣講。」史顧己被幽靈的話激怒，不知不覺中，口氣變得和年輕時的他一樣，「他有權力讓我們快樂或難過，讓我們的工作成為樂趣或苦差事。就算他的影響力只在於言語、外在行為，或是一些微不足道的小事上又如何？他帶給我們的快樂，就好像致贈別人一筆錢財那樣了不起。」

他感覺到幽靈注視的目光，於是住口不再說了。

「怎麼了？」幽靈問。

「沒什麼。」史顧己回答。

「我想，你應該想繼續說些什麼吧？」幽靈追問。

「真的沒有。」史顧己說，「我現在只是很希望能夠和我的辦事員說幾句話而已，就這樣。」

當他吐露這個願望的時候，昔日的他吹熄了燭火，於是史顧己與幽靈又回到屋外，肩並肩飄浮在半空中。

「我的時間不多了。」幽靈說，「快點！」

這句話並非對史顧己說，也不是對任何他看得見的人說，但此話一出，立即帶來了改變，因為史顧己又看見他自己了。

這時候的他年紀稍長，正值壯年。雖然那張臉不像晚年的臉那般嚴厲，卻已經浮現出斤斤計較與貪婪的跡象了。他的眼睛裡流露出急躁、貪心與不安，代表他的慾望已經在內心生了根，長成大樹後會把他的心靈全都遮蔽。

此刻他並非獨自一人，而是坐在一個身穿黑色喪服的年輕女孩旁邊。她眼眶含淚，淚水在幽靈頭頂光圈的照射下閃耀著。

「這對你來說沒有太大的影響。」她輕聲地說，「因為另一個你所崇拜的對象已經完全取代我了。只要在未來的日子裡，它能帶給你安慰，並讓你快樂，就像我過去為你做的那樣，那我就沒什麼理由難過了。」

「什麼對象取代了你？」他問。

「金錢。」

「世界就是這麼公平！」他說，「如果我家徒四壁，就得忍受世上最大的痛苦；但若是我追求財富，就必須承擔世人最嚴厲的苛責！」

「你太害怕這個世界了。」她溫和地回答，「現在你一心只想著擺脫貧困的恥辱。我眼睜睜看著你拋棄一個個崇高的抱負，直到賺錢的慾望完全吞噬了你的心。難道我有說錯嗎？」

「那又如何？」他反駁，「即使我變得比以前市儈，又怎樣？我對你的心意沒有改變。」

她搖搖頭。

「我變了嗎？」

「我們很久以前就訂下了婚約。當時的我們雖然貧窮，卻安於現狀，而且願意憑著堅忍的毅力和努力，來改善我們的處境。可是如今你變了，我們訂婚時的你，和現在的你完全不同。」

「當時我還年輕。」他不耐煩地說。

「你也感覺到自己和當年不同了。」她回答，「但我沒變。以前，當我們志趣相投時，我們非常幸福；現在，我們倆逐漸形同陌路，只剩下無止境的爭吵。每當我想到這一切，心裡就難受得不得了。總之我已經想通了，所以我願意和你解除婚約。」

「我曾經提過要解除婚約嗎？」

「你從來沒有說過。」

「那麼，我有用其他方式逼你放手嗎？」

「你生活在另一個世界裡，那唯一的希望是你最大的目標，我的愛意在你眼中已經沒有任何價值了。」女孩堅定地說，「假如我們之間沒有婚約，如今的你還會想追求我、贏得我的心嗎？噢，你不會！」

他幾乎無法否認這個客觀的推測，但他還是掙扎著說：「那只不過是你的看法罷了。」

「我也希望如此，但事情的真相就是那樣。」她回答，「假設你現在是個自由之身，你會選擇一個沒有嫁妝的女孩嗎？我相信，即使你非常愛慕她，一旦你發現她沒有任何財產，你還是會選擇遠離，因為『利益』是你衡量一切的標準；即便你因為一念之差而娶了她，難道你能保證自己往後不會活在悔恨之中嗎？我知道你一定會的，所以我要放你走。我是真心誠意的，因為我愛過你。」

他正打算開口，她卻把頭轉開，繼續說下去。

「我認為，你可能會因為我們過去所擁有的美好回憶而感到難過，但應該不會持續太久。很快地，你就會把那些事情拋諸腦後，彷彿那是一場毫無意義的夢境。但願你能快樂地度過自己選擇的人生！」

她離開了，兩人就此分手。

「幽靈，別再帶我看了！」史顧己大叫，「帶我回家吧，您為什麼要這樣折磨我？」

「再看一幕就好了！」幽靈大聲說。

「不要再看了！」史顧己大聲嚷嚷，「不要再看了！我不想看，不要再給我看了！」

但是無情的幽靈緊緊抓住他的雙臂，強迫他看接下來發生了什麼事。

他們來到了另一個場景，那是一個空間不大，卻很舒適的房間。爐火旁坐著一位漂亮的女人，她和剛才的那個女孩長得很像，直到史顧己看見坐在她對面的女兒，才發現原來他的舊情人已經變成一個成熟的少婦了。

房間裡吵吵鬧鬧，因為那裡還有許多個孩子，史顧己被吵得數不清總共有幾個。他們不像那首名詩裡描寫的那樣，四十頭牛安靜得像是只有一頭②，反而每個小孩都像四十個孩子那樣吵鬧。

奇怪的是竟然沒有人在意，相反地，母親和女兒還開心地跟著大笑，樂在其中，甚至女兒最後也加入了遊戲的行列。不過，她被那幾個年紀最小的搗蛋鬼毫不留情地欺負了一番。

倘若能夠和那些孩子一同玩耍，要我付出再多的代價我都願意！可是，我絕不會像他們那樣粗魯，絕對不會！就算把全世界的財富都給我，我也不會拉扯她的髮辮，更不會把她可愛的小鞋扯下來。我絕對不會像那些調皮的小鬼那樣摟住她的腰，要是我那麼做，上帝肯定會讓我的手臂黏在她的腰際，作為懲罰。

不過，我承認我倒是很可能喜歡親親她的小嘴，並低頭看著她低垂雙眼上的睫毛；我也會小心呵護她鬈曲的頭髮，即使掉下一縷髮絲，我也會當作無價之寶好好地收藏。在那一剎那，我承認我嚮往擁有一個可愛的孩子，也希望自己能成為一個懂得珍惜他的人。

這時，突然傳來的敲門聲，引發了一陣騷亂。她的衣服雖然變得凌亂不堪，卻仍帶著微笑，和那群喧鬧的頑童一起來到大門迎接父親；他的身邊站著一個抱著許多聖誕禮物的男人。

那名男人對孩子們毫無招架之力，只能任由他們對他發動猛烈的攻擊。他們拿椅子當梯子用，然後爬到他的身上，伸手掏他的口袋，並搶走他手上的那些棕色紙袋。他們緊緊抓著他的領帶，勒住他的脖子，捶打他的背，踢他的腿，熱情無比地迎接他。每個人打開禮物後，都開心地又叫又跳。

忽然間，有人大叫說，那個最小的孩子把玩具煎鍋塞進嘴巴裡，而且很可能把一隻黏在上面的假火雞給吞下去了！幸好最後只是虛驚一場，大家才放心地鬆了一口氣。那種歡樂又感激的情緒已經難以用言語形容，等玩夠了之後，孩子們才筋疲力盡地走上樓，準備上床睡覺。

此時此刻，史顧己比剛才還要認真地注視著眼前的景象，因為這家的男主人正開心地和他的妻子與女兒坐在一起。女兒緊緊依偎著父親的畫面，令史顧己想到自己本來也應該會有一個如此可愛的孩子，為他的生命帶來美好的溫暖，他的視線忍不住變得模糊起來。

「貝兒。」丈夫回過頭，微笑著對妻子說，「今天下午，我看到你的一個老朋友。」

「是誰？」

「你猜猜看！」

「我怎麼會猜得到……噢，我想到了！」她馬上跟丈夫一起笑了起來，然後接著說，「是史顧己先生。」

「沒錯！我經過他的公司時，發現窗戶沒有關上，便忍不住往裡面看。聽說他的合夥人病得很嚴重，只剩下他一人點著蠟燭坐在辦公室裡。我想，他一定過得非常寂寞。」

「幽靈！」史顧己用嘶啞的聲音說，「帶我離開這裡。」

「我已經告訴過你，那些都只是往事的幻影。」幽靈說，「它們就和過去的情景一模一樣，你不能怪我！」

「帶我離開這裡！」史顧己大叫，「我看不下去了！」

他轉向幽靈，卻發現他正盯著他看。奇怪的是，當晚所見的每一張人臉都出現在幽靈的臉孔上，彷彿在和他奮力交戰。

「放過我吧！帶我回去，不要再糾纏我了！」

史顧己看見幽靈頭頂上的光圈愈來愈明亮，頓時想通了自己為什麼會受他控制，於是連忙抓過幽靈手中的熄燈帽，猛然壓在他的頭上。幽靈縮了下去，整個身體都被那頂帽子蓋住。雖然史顧己用盡全身的力氣按壓，卻仍然無法掩蓋住從帽子下方湧出的光芒。

史顧己感到非常疲憊，一股難以抗拒的睡意朝他襲來。接著，他發現自己又回到了臥室。他最後一次用力按壓帽子，然後把手鬆開，步履蹣跚地走到柔軟的床前。他一躺下去，便立刻沉沉睡去。

【知識小寶典】

① 沒收遊戲：參加者必須交出身上的衣物或首飾，並經過一番懲罰之後才能夠拿回去。

② 此處引用了英國詩人威廉．華茲華斯的詩作《三月》。

第五章　第二個幽靈

史顧己從自己如雷的鼾聲中醒來，並坐在床上整理思緒。他不需別人提醒，也知道一點的鐘聲就快響起了。他認為自己會恰好在這個時候醒來，完全是為了和第二個訪客見面，而他則是由雅各．馬利引薦而來的。一想到那位新來的幽靈會再次掀開他的帳幕，他就忍不住打了個寒顫。於是，他索性把所有的簾子都拉開，直到自己能看清床的四周之後，才重新躺下。史顧己寧可讓幽靈明目張膽地攻擊，也不願忽然遭遇突襲。

一般的紳士們總是對外誇讚自己的能力，強調自己不僅觀察力敏銳，又富有冒險精神，而且無論從簡單的投擲遊戲到殺人放火，全都難不倒他們。儘管我不敢說史顧己也是個大膽的人，但是容我在此提醒各位，此刻他確實已經做好了萬全的準備，去面對各種詭異的事物。

雖然他對於幽靈的現身早已有所戒備，卻完全沒料到幽靈沒有出現的情況。一點的鐘聲早已敲響了，可是卻連個鬼影也沒看見，這讓史顧己更加心神不寧。五分鐘……十分鐘……十五分鐘過去了，還是沒有任何動靜。

在這段期間內，他始終躺著，全身浸在一片紅光之中。那片光自從一點的鐘聲敲響後，就照射在他的床上。雖然只是一道光，卻比幾十個幽靈同時現身還要讓史顧己害怕，因為他不知道它有什麼含意，或是將會對自己造成什麼影響。有一瞬間，他擔心自己會在毫無防備的狀況下自燃起來，成為一樁奇案的苦主。

如果是像你我這樣的局外人，一開始就會想到該怎麼做，而且會立刻行動。然而史顧己當局者迷，他過了一會兒之後才想到那道紅光可能源自於隔壁房間。於是他輕輕地走下床，穿上拖鞋，慢慢地往門口走去。

史顧己的手才剛碰到門把，房間內就傳出一個陌生的聲音要他進去，而他也照做了。

無庸置疑，那是他自己的房間，可是卻有了驚人的變化。牆壁和天花板上綠意盎然，簡直就像是一片樹林，而且四處都是閃閃發亮的莓果。冬青、槲寄生和常春藤的翠綠樹葉反射著光芒，彷彿上面有許許多多的小鏡子。原本被史顧己、馬利棄置一旁的火爐，此刻也活了起來，一道熊熊烈火往上直竄進煙囪。

地板上放置了許多東西，堆成了一個像國王寶座般的小山，有火雞、鵝肉、野味、雞鴨、醃肉、一大塊腿肉、乳豬、一串串的香腸、碎肉派、葡萄乾布丁、一桶桶的牡蠣、熱呼呼的栗子、鮮紅的蘋果、多汁的柳橙、甘甜的梨子、巨大的糕餅，以及熱騰騰的潘趣酒。整個房間被那些美食的蒸騰熱氣弄得煙霧瀰漫。

一個快樂的巨靈悠閒地坐在沙發椅上，渾身散發著光芒。他手拿著一根熊熊燃燒的火把，火把的形狀猶如神話裡的「豐饒號角」。巨靈將火把高高舉起，好讓火光照射在史顧己的身上。

「進來吧！」巨靈大喊，「快來好好認識我！」

史顧己怯生生地走進去，低著頭站在巨靈面前。儘管巨靈的眼神清澈和藹，史顧己卻不想和他四目相交。

「我是『現在的聖誕節幽靈』。」巨靈說，「抬頭看著我！」

史顧己恭敬地照做。巨靈身穿一件樣式簡單、鑲有白色毛皮的深綠色長袍，那衣服隨意地披在身上，露出寬闊的胸膛，彷彿他不屑任何物品的保護或遮掩；寬鬆衣袍下的雙腳也是赤裸的；他的頭上戴著一頂由冬青樹枝編織而成的花冠，花冠四周鑲滿了閃閃發亮的冰柱；他有著一頭深褐色的長鬈髮、和藹的臉孔、閃爍的雙眼，以及放蕩不羈的姿態；他的腰部掛著一把生銹的古老劍鞘，不過裡面沒有寶劍。

「你從來沒有見過誰的長相和我一樣吧！」巨靈大聲說。

「從來沒有。」史顧己回答。

「你也從來沒有遇過我家族裡那些較年輕的成員吧！我指的是我的那些哥哥們。」巨靈又問。

「我想沒有。」史顧己說，「幽靈，您有幾個兄弟呢？」

「一千八百多個。」巨靈說。

「真是個龐大的家庭啊！」史顧己喃喃自語地說。

「現在的聖誕節幽靈」站了起來。

「幽靈，」史顧己恭敬地說，「請帶我到您要帶我去的地方吧！昨天晚上，我曾被迫走過一些地方，因而得到了一些啟示。今晚，若是您有任何指教，就讓我從中得到益處吧！」

「抓住我的長袍！」

史顧己照著他的話去做，緊緊抓住了巨靈。

冬青、槲寄生、莓果、常春藤、火雞、鵝肉、野味、雞鴨、醃肉、乳豬、大大的腿肉、香腸、牡蠣、碎肉派、布丁、水果、潘趣酒等所有東西立刻消失了，甚至連房間、爐火、火光，以及夜色也全都不見蹤影。

剎那間，他們已經站在聖誕節當天早上的倫敦街頭。由於天氣嚴寒，許多人在家門前和屋頂上鏟雪，製造出一種輕快又不刺耳的聲音。積雪從屋頂落到下面的人行道，彷彿一場小小的人造暴風雪，孩子們見到如此有趣的情景，全都開心得又叫又跳。

和屋頂上那層潔白的雪相比，每一戶人家的家門和窗戶都顯得髒兮兮的。地上的積雪被貨車和馬車的沉重車輪輾過，留下一條條深深的溝痕。各大十字路口處更可以看見幾百道溝痕相互交疊，形成錯綜複雜的溝渠，在濃濁的黃泥和冰水的融合下，那些軌跡令人難以辨識。

天色陰暗，短小的街道上瀰漫著朦朧的霧氣。霧中較重的分子變成煤灰掉落下來，彷彿全英國的煙囪都升起火，正盡情燃燒著。

在這種天氣和這座城市裡，並沒有什麼特別令人感到愉快的地方，然而此刻四處都

洋溢著一股歡樂的氣氛，這是連清新的夏季空氣與明亮的太陽都辦不到的事。

每個在屋頂上鏟雪的人都很愉快，他們隔著屋簷彼此叫喚，偶爾還拿起雪球丟來丟去。被雪球砸中的人開心地哈哈大笑，沒被砸到的人也都樂不可支。

肉鋪的門仍半掩著，水果店裡也燈火通明。又大又圓、裝滿栗子的大竹簍懶懶地靠在門邊，簡直就像是老紳士的水桶腰。

紅棕色的西班牙洋蔥閃閃發亮，彷彿肥胖的西班牙修道士。它們在木架上對著路過的女孩們眨眼睛，看起來相當淘氣，還用嚴肅的神情瞥著掛在高處的槲寄生。店家們把梨子和蘋果高高地堆成一座壯麗的金字塔，還

將一串串葡萄掛在最引人注目的地方，讓經過的人忍不住口水直流。

一堆堆長滿絨毛的榛果散發出香氣，令人回想起昔日在樹林裡漫步，以及腳踝以下全都淹沒在落葉裡的愉快時光。碩大的深紅色諾福克蘋果，與周遭的黃色柳橙和檸檬形成強烈的對比。由於處在這些多汁的夥伴們中間實在太擠，它們巴不得人們用紙袋把自己裝回家，然後在晚餐過後吃掉。

精美的水果之間放著一個魚缸，裡面養著金色和銀色的小魚。那些平日愚鈍的冷血動物，似乎也感覺到今天非比尋常，興奮地優游於自己的小小世界。

雜貨店！對了，還有雜貨店！店家已經裝上兩扇門板，大概是快要打烊了，不過你還是可以從縫隙往裡面瞧。櫃檯上的磅秤落下來時發出愉悅的聲音，繩子和轉軸也朝氣蓬勃地互相道別。由於一直有貨品要包裝，因此不斷地有罐子被拿上拿下，簡直就像是在變戲法。茶與咖啡的味道在空氣中混合成新的氣味，讓人聞了心曠神怡。

店裡有大量的罕見葡萄乾、潔白無比的杏仁、又長又直的肉桂棒，以及其他美味的香料。除此之外，那裡還有一塊塊包裹著糖衣的蜜餞，就連最不受誘惑的旁觀者看了，都會忍不住想吃一口。裝飾精美的盒子裡裝著柔軟的無花果和微酸的法國李子，所有的食物看起來都如此美味，而且都被人們用漂亮的聖誕節包裝紙細心地包裹好。

每位顧客都對這天充滿了希望與期待，他們匆忙地選購商品，急切地在商品架之間來回走動，因此經常與身邊的人互相碰撞，手裡的購物籃也被擠得歪七扭八。許多人在慌亂之下，把他們購買的東西遺落在櫃檯，然後再急急忙忙跑回來拿。雖然大家錯誤百出，卻沒有因此破壞了好心情。雜貨店老闆和他的員工們都是那麼地熱情且有精神，他們將心型別針掛在圍裙上，彷彿將自己真誠的心暴露在外任人檢視。

沒多久，尖塔裡的鐘聲緩緩響起，呼喚大家前往教堂做禮拜。他們換上最好的衣服湧上街頭，每個人的臉上都掛著燦爛的笑容。與此同時，許多人從偏僻的小巷裡走出來，拿著晚餐到烘焙店去烘烤。①

這些快樂的貧窮人家讓巨靈看得興味盎然，他和史顧己並肩站在一家烘焙店門口，每當那些窮人經過的時候，他就掀開他們的飯盒，然後把火把上的香灰撒在上面。

那是一個非常特別的火把，曾有一兩次，那些準備烘烤晚餐的人因為碰撞而發生了口角，這時巨靈就在他們的身上灑了點香灰，說也奇怪，大家的火氣馬上就消了。人們總說，在聖誕節吵架實在太丟臉了，這句話真是一點也沒錯。更何況，就連上帝也鍾愛這一天哪！

最後鐘聲停止了，烘焙店也關上了門，然而每一家店後面的爐火上，仍然開放給眾人蒸煮晚餐，食物的香味就這麼四處飄送。

「從火把上灑下來的香灰有什麼特殊的味道嗎？」史顧己問。

「有，那是我的獨家祕方。」

「所有人的晚餐都能獲得您提供的氣味嗎？」史顧己又問。

「只要那人懷抱著善心就可以得到，尤其是窮人。」

「為什麼要特別眷顧窮人？」史顧己問。

「因為那些人最需要啊！」

「幽靈，」史顧己想了一下後說：「在所有的神祇之中，居然是您剝奪了那些窮人體驗單純享樂的機會。」

「我？」巨靈叫了起來。

「他們幾乎只有在星期日的時候才能好好地飽餐一頓，可是您卻連他們的這點權利都剝奪了。」史顧己說，「難道不是嗎？」

「我？」巨靈大叫。

「我是說，難道不是您讓烘焙店每逢周日都必須關門嗎？」史顧己又說，「這對他們來說簡直太殘忍了。」

「你說是我？」巨靈大聲問。

「如果我弄錯了，還請原諒我。不過，規定的確是根據您的名義訂下的，或至少是根據您家族的名義。」史顧己說。

「在你們的世界裡，有些人自稱了解我們，」巨靈回答，「並根據我們的名義做出一些傲慢、惡意、偏激和自私的行為。我的家族根本就不認識他們，對我們來說，那些人就像不存在。請記住，他們的所作所為應該由他們自己負責，不要算在我們的頭上。」

史顧己對巨靈所說的話表示同意，於是他們繼續往前走，來到郊區。史顧己觀察到，儘管巨靈身形高大，卻能輕鬆地進出任何地方，無論是低矮的房屋還是高大的廳堂，他都能優雅站立著。

也許是因為這位善良的巨靈樂於展現自己的法力，又或者他天生慷慨熱情，而且同情所有窮困的百姓，所以才會直接去找史顧己的辦事員。

【知識小寶典】

① 當時窮人家裡鮮少有爐灶，因此會把食材拿到烘焙店裡去烘烤。

第六章　克拉奇的家

史顧己緊緊抓著巨靈的袍子，和他一起過去。接著，巨靈微笑地站在門口，用火把落下的香灰，賜福給鮑伯．克拉奇的住處。

只見克拉奇太太站了起來，刻意換上一件改過幾次的禮服，還特地繫上漂亮的緞帶。她正忙著鋪桌布，二女兒貝琳達在一旁幫忙，她的身上也綁著許多美麗的緞帶。這時，她的兒子彼得．克拉奇把叉子伸進正在煮馬鈴薯的大鍋子裡，而且還不小心將大得離譜的衣領吃進嘴裡了（那衣服是鮑伯的，為了慶祝美好的節日，特地借給他的兒子兼繼承人穿）。今天的一身盛裝讓彼得很開心，他迫不及待要到公園去炫耀那帥氣的亞麻襯衫。

這時，克拉奇的小兒子和小女兒衝了進來，兩人大聲嚷嚷，說他們在門外就聞到家裡煮鵝肉的香味。他們沉浸在香料與洋蔥的幻想裡，繞著餐桌手舞足蹈，

還不停稱讚哥哥彼得的廚藝。此刻，彼得正在顧爐火，一點也沒有因為受到吹捧而自滿。過了一會兒，鍋裡的水終於沸騰起來了，一顆顆馬鈴薯敲打著鍋蓋，彷彿在哀求人們把它們拿出來剝皮。

「你們的爸爸怎麼還沒回來？」克拉奇太太說，「還有你們的弟弟小提姆！瑪莎也已經遲到了半小時，去年聖誕節她可是非常準時呢！」

「媽媽，瑪莎回來啦！」一個女孩走進來時大聲說。

「媽媽，瑪莎回來啦！」小兒子與小女兒同時大叫，「瑪莎，我們有鵝肉可以吃唷！」

「噢，我的寶貝！你怎麼來得這麼晚？」克拉奇太太一邊親吻女兒，一邊替她脫下披肩和帽子。

「媽媽，昨晚我們有一堆的工作要完成。」女孩回答，「而且今天早上還得把所有的東西收拾乾淨。」

「辛苦你了，回來就好。」克拉奇太太說，「孩子，你快到爐火旁坐著取暖吧！馬上就可以吃晚餐了。」

「爸爸回來了！」那兩個小鬼頭一邊在屋裡到處亂竄，一邊大叫，「瑪莎，快躲起來！」

瑪莎才剛躲起來，父親和小提姆就進門了。鮑伯圍著一條長長的羊毛圍巾，破舊的衣服也已經縫補好且刷洗乾淨了。小提姆就坐在父親的肩膀上，可憐的他走路時必須拄著一把小拐杖，雙腳還得靠鐵架來支撐。

「咦！我們的乖女兒瑪莎呢？」鮑伯焦急地問。

「她沒回來。」克拉奇太太說。

「沒回來！聖誕節居然不回家嗎？」鮑伯的臉一下子垮了下來，剛剛他還開心地讓小提姆騎在頭上，從教堂一路奔回家。

瑪莎不忍心看父親失望的模樣，因此她趕緊從壁櫥後面走出來，撲到他的懷裡。那兩個小鬼頭則簇擁著小提姆，帶他走進洗衣間，讓他聽聽布丁在銅鍋裡唱歌的聲音。

克拉奇太太取笑了一下丈夫，說他太好騙了，接著才問：「我們的小提姆乖不乖啊？」

「乖得很。」鮑伯說，「他真是個乖孩子。只是不知道為什麼，他變得喜歡獨自坐在一旁發呆，而且還會想一些奇奇怪怪的事情。回家的路上，他對我說，他希望今天大家在教堂裡看到他，因為他跛腳，這樣就可以讓大夥兒在聖誕節這個大日子裡，記起耶穌曾經讓跛腳的乞丐走路、讓盲人重見光明的故事。如此一來，所有人的內心一定會充滿希望。」

鮑伯訴說這件事情的時候，他的聲音在顫抖。當他說到小提姆變得堅強又成熟時，聲音抖得更厲害了。

小提姆在屋子裡走來走去，小拐杖不斷發出聲響，正當鮑伯還想繼續說些什麼時，他的哥哥姐姐就帶著他，回到那張位於火爐前的凳子上了。鮑伯只好閉上嘴，捲起袖子，準備動手調製熱飲。他把琴酒和檸檬汁倒進壺裡，然後不停地攪拌，最後再放到爐子上慢慢加熱。同時，彼得和那兩個到處亂跑的小鬼一起去拿那隻鵝，他們三人很快就回來了。

看到他們大費周章的樣子，或許會讓人以為鵝是這個世界上最珍貴的鳥類，即便是高貴的黑天鵝都無法與牠相比，但其實牠只不過是一種平凡的家禽罷了。不過在克拉奇家，鵝肉確實非常罕見。

克拉奇太太把事先在鍋子裡準備好的肉汁煮滾；彼得用驚人的力氣把馬鈴薯搗爛；貝琳達在蘋果醬裡加糖；瑪莎把烘熱的盤子擦乾淨；鮑伯把小提姆抱到餐桌前坐好；兩個小鬼頭幫大家把椅子擺好，當然也沒忘記自己的，他們倆爬上座位，把湯匙塞在嘴裡，以免自己在分到鵝肉時興奮地大叫出聲。

最後，菜都上齊了，大家也都完成了禱告，接著所有人屏息以待。克拉奇太太看著切肉刀，準備把它刺進鵝的胸膛裡。當她的刀戳下去，大家期待已久的內餡湧出來時，餐桌四周頓時迸出一陣歡騰的喧鬧聲。小提姆受到那兩個小鬼頭的影響，也開心地用叉子敲著桌面，小聲叫好。

鮑伯說這真是世界上最美味的鵝肉，不僅肥嫩鮮美，而且又大又便宜，任誰看到都會讚嘆不已。這道主菜再加上蘋果醬和馬鈴薯泥，已經足夠讓全家人飽餐一頓了。確實如此，因為克拉奇太太看著餐盤裡的一小塊碎肉，高興地說他們終於有一天沒把餐桌上的菜全部吃光了！

每一個人都吃得很飽，尤其是克拉奇家年紀最小的那幾個，他們肚子裡的香料和洋蔥，簡直快要溢出喉嚨了！這時，貝琳達替大家換上乾淨的盤子，克拉奇太太則離開飯廳去把布丁拿過來。

萬一布丁沒有蒸熟怎麼辦？萬一拿出來時破掉怎麼辦？萬一有人趁他們在吃鵝肉時悄悄把布丁偷走，又該怎麼辦？兩個小鬼頭焦躁不安地坐在餐桌前，腦海裡浮現出各種可怕的幻想。

噢，好濃的蒸氣呀！布丁出爐了，味道就和平常洗衣服時聞到的一樣！①不到半分鐘，克拉奇太太就端著布丁走了進來，臉上掛著得意的微笑。布丁堅挺紮實，簡直就像是一顆大砲彈。它浸泡在熊熊燃燒的白蘭地酒裡，上面還插著冬青樹枝作為裝飾。

「噢，多麼完美的布丁啊！」鮑伯．克拉奇說。

他還說這是克拉奇太太自結婚以來，做得最成功的一次。克拉奇太太則說，既然壓在心裡的重擔已經放下了，那麼此時她就可以大方承認，其實當時她也不太確定該放多少麵粉。每個人都七嘴八舌地談論著布丁，但沒有任何人抱怨布丁不夠吃，因為它實在非常龐大，誰要是說出那句話，肯定會被其他人當作精神不正常。

聖誕大餐終於吃完了，大家整理好餐桌，把壁爐掃乾淨，還往爐火裡添加了木柴。他們嚐了剛才鮑伯調製的綜合熱飲，覺得完美無比。桌子上擺了蘋果和柳橙，爐火上還烤著滿滿一盤栗子。克拉奇一家溫馨地圍坐在壁爐旁，鮑伯的手肘旁邊放著一個平常作為擺飾用的玻璃杯、兩個平底杯，以及一個沒有把手的蛋奶醬杯，然而用那些杯子來盛裝從壺裡倒出來的熱飲，一點也不會比黃金製成的餐具還要遜色。

鮑伯笑容滿面地替每位家人倒飲料，栗子在火爐上嗶嗶剝剝地響個不停。

他興奮地舉杯祝賀：
「我親愛的家人，祝我們大家聖誕快樂！願上帝保佑我們！」
所有人都把這句話重複說了一遍。

「願上帝保佑我們每一個人！」小提姆最後一個說。

他坐在小凳子上，與父親靠得很近。鮑伯緊緊握著他瘦弱的小手，似乎害怕有人會把他從自己的身邊奪走。

「幽靈，」史顧己懷著以往從未有過的關懷之情，說，「請告訴我，小提姆會不會繼續活下去。」

「我看見一個擺在壁爐旁的空凳子，」巨靈回答，「還有一根失去主人的拐杖。如果那些幻影在未來依舊沒有被改變，那麼他肯定活不了。」

「不！不！不可以呀！」史顧己說，「仁慈的幽靈啊，請告訴我他會逃過劫難吧！」

「如果那些幻影到了未來仍然沒有改變，就沒有任何幽靈可以看到他。」巨靈回答，「不過那又如何？要是他非死不可，最好還是死吧！正好可以減少一些多餘的人口。」

史顧己聽到巨靈引用自己從前說過的話，忍不住慚愧地低下頭，心裡充滿了懊悔與悲傷。

「人哪，」巨靈說，「如果你還有點人性，而不是鐵石心腸的傢伙，就不應該說出那種惡毒的話，除非你先弄清楚所謂的多餘人口是什麼，以及那些人又處在什麼境地之中。況且，難道你能夠決定誰該活、誰該死嗎？在上帝的眼裡，也許你比那些窮困潦倒的人更不值得活在這個世界上呢！噢，上帝呀！你聽聽那隻爬在高高樹葉上的蟲子所說的話吧！牠居然說那些在塵土裡挨餓的同胞們，倒不如死去好了！」

史顧己被巨靈罵得無法抬起頭，渾身顫抖地看著地面。過了一會兒，他突然迅速地抬起頭，因為他聽見有人提起他。

「史顧己先生！」鮑伯激動地說，「多虧了您，我們一家才能夠享受這頓豐盛的晚餐哪！」

「哼！」克拉奇太太滿臉通紅地大叫，「我真希望他此刻就在這裡，那麼我就可以好好地教訓他一頓了！」

「親愛的，孩子們都在呢！」鮑伯說，「更何況今天是聖誕節啊！」

「我知道。」她說，「正因為是聖誕節，我們才會為那個吝嗇又刻薄的人舉杯祝福。鮑伯，沒有人比你更清楚他的為人了。」

「親愛的，」鮑伯仍舊溫和地說，「今天是聖誕節。」

「為了你，為了聖誕節，我願意舉杯祝他健康。」克拉奇太太說，「祝他長命百歲、聖誕節快樂，以及新年快樂！」

孩子們也跟著她舉杯祝福，然而這是他們今天唯一興致缺缺的事情，就連小提姆也提不起勁來。對於克拉奇一家來說，史顧己簡直就像是個惡魔。他們只提到他的名字，就讓這場聚會籠罩了一層陰影，整整五分鐘後才散去。

陰霾散去後，他們比先前還要快樂十倍，因為有關「惡人史顧己」的談話已經告一段落。鮑伯告訴大家，他已經替彼得物色好一份工作，要是事情順利，每個星期就能賺取五先令六便士。兩個小鬼頭一聽到哥哥彼得即將成為辦事員，都興奮地又叫又跳。彼得則坐在壁爐旁默默沉思，似乎正在想著他該如何用那一大筆薪水來做投資。

接著，換瑪莎和大家分享自己的工作內容，她是女帽工廠裡的學徒，一天得工作好幾個小時，下班後都累得筋疲力盡。她說，明天早上她一定要躺在床上好好休息，因為隔天是假日，她可以盡情地待在家裡。她還告訴大家，幾天前她曾看到某位伯爵和伯爵夫人，那位伯爵的身高居然和彼得差不多。彼得一聽到這句話，立刻把衣領拉高，讓襯衫幾乎遮住他的整個頭部。談笑間，他們把栗子和裝著熱飲的水壺傳來傳去。過了一會兒，小提姆輕聲唱起了歌，那是一首關於一個迷路的孩子在雪地裡長途跋涉的歌曲。他的歌聲哀傷，唱得非常動聽。

在這個聚會裡，沒有什麼稀奇的奇珍異寶。他們的家境不富裕，衣著破舊，鞋子還會滲水，甚至可能得經常進出當鋪來維持生計，但是他們都非常快樂、心懷感激、彼此相愛，也相當珍惜所有人聚在一起的時光。

他們的影像逐漸變得模糊，巨靈在離開前，又再次賜福給這一家人，讓他們保持愉悅的心情，度過聖誕假期。史顧己專注地望著他們，尤其是小提姆，直到完全看不見為止。

此刻的天色昏暗，正在下著大雪。當史顧己和巨靈沿著街道往下走的時候，他們看見家家戶戶的廚房、客廳和其他各式各樣的房間裡，都透出明亮的光芒。只見其中一戶人家正在準備美味的晚餐，熱騰騰的飯菜一道道出爐，同時也準備拉下深紅色的窗簾，把寒冷的黑夜隔絕在外。

在這邊，有戶人家的孩子全都衝到屋外的大雪裡，歡迎那些已婚兄姐和表親們的到來；在另一邊，一群漂亮的女孩戴著帽子，穿著皮靴，一邊嘰嘰喳喳地談天，一邊輕快地跑到附近的鄰居家裡。

也許你會想：並不是所有的人都會把爐火燒旺來接待賓客。不過，巨靈已經對眼前的景象感到十分滿足了。他露出寬敞的胸膛，張開巨大的手掌大方賜福，並用宏亮的笑聲感染他經過的每個地方。

點燈人沿路往下奔跑，為昏暗的街道點綴上星星點點的亮光。他穿戴整齊，準備到某個地方消磨時光。當巨靈與他擦身而過的時候，他突然開懷大笑起來，彷彿整個人都沉浸在聖誕節的氣氛裡。

接著，在毫無預警的情況下，巨靈帶著史顧己來到一片陰暗荒涼的沼澤。那裡到處都是奇形怪狀的岩石，看起來就像巨人族的葬身之處。沼澤上都是水，要不是冰雪把它封住，也許就會四處溢流。地上只長出青苔、荊豆和茂盛的雜草。在西邊沉落的夕陽留下一片火紅的光芒，彷彿一隻可怕的獨眼正怒視著沼澤。漸漸地，那眼睛因為持續下降而變得愈來愈小，最終消失在一片漆黑的夜色中。

「這是什麼地方？」史顧己問。

「礦工們的住處。雖然他們在地底下工作，卻也認識我。你看！」幽靈開心地回答。

一間簡陋房屋的窗戶射出一道亮光，史顧己和巨靈快速朝那裡走去。穿越了一座由泥土和石頭砌成的牆之後，他們發現一群快樂的人正聚集在火堆四周。那些人包括一對年邁的老夫妻，以及他們的子子孫孫，所有的人都穿戴著漂亮的服飾。那位年老的男主人，正用他低啞的嗓子唱聖誕歌曲給大家聽，歌聲幾乎被荒原的強風給掩蓋過。有時，他們會全體加入合唱。每當大家提高嗓門高歌時，老人就會高興地扯開喉嚨，唱得愈來愈起勁；然而他們一停下來，他的歌聲就會再度變得微弱。

巨靈並未在此多作停留，他吩咐史顧己抓住他的長袍後，便飄到沼澤上空加速飛行。他們要去哪裡呢？不會是要去海上吧？正是。史顧己回頭一看，頓時感到驚恐不已，因為他們離岸邊的礁岩已經相當遙遠了。波濤洶湧的海浪正不停吼叫，並沖刷著周遭的每一個岩洞。

離岸邊約一公里的地方，那裡受到海水經年累月地拍打撞擊，後來就變成了險惡的暗礁，上面矗立著一座孤零零的燈塔。大量的海草附著在暗礁的底部，海鳥在燈塔的四周忽高忽低地翱翔。

即便是在這種地方，還是住著兩位看守燈塔的人。此時，他們升起了火，耀眼的火光透過厚石牆上的小洞，投射到奔騰的海面上。兩人坐在一張粗陋的桌子旁，握住對方長滿老繭的雙手，舉杯互道聖誕快樂。其中較年長的那位，臉上布滿了被嚴酷氣候刻畫的痕跡。他突然高聲唱起歌來，響亮的歌聲簡直就和一陣呼嘯而過的海風一樣威猛。

巨靈再次加速，持續在漆黑的大海上飛行，最後降落在距離岸邊非常遙遠的一艘船上。他們陸續來到舵手、瞭望員和值班船員的身旁。雖然那些人的身影黑漆漆猶如鬼魅，但全都哼起了聖誕歌曲，或想著與聖誕節有關的故事。其中也有人和同伴聊起了昔日在家度過聖誕節的時光，話中帶著對故鄉的思念。

船上的每個人或睡或醒，也有個性好和脾氣壞的，然而他們現在全都用比平常更為親切的語氣和別人說話，共同分享著佳節的歡樂。除此之外，他們一邊想著遠方的親友，一邊也想著有誰正在思念自己。

對史顧己來說，這趟旅程是一個奇妙的體驗。他傾聽著海風的呼嘯聲，心裡想著：那些船員在這寂寥的黑暗海面上乘

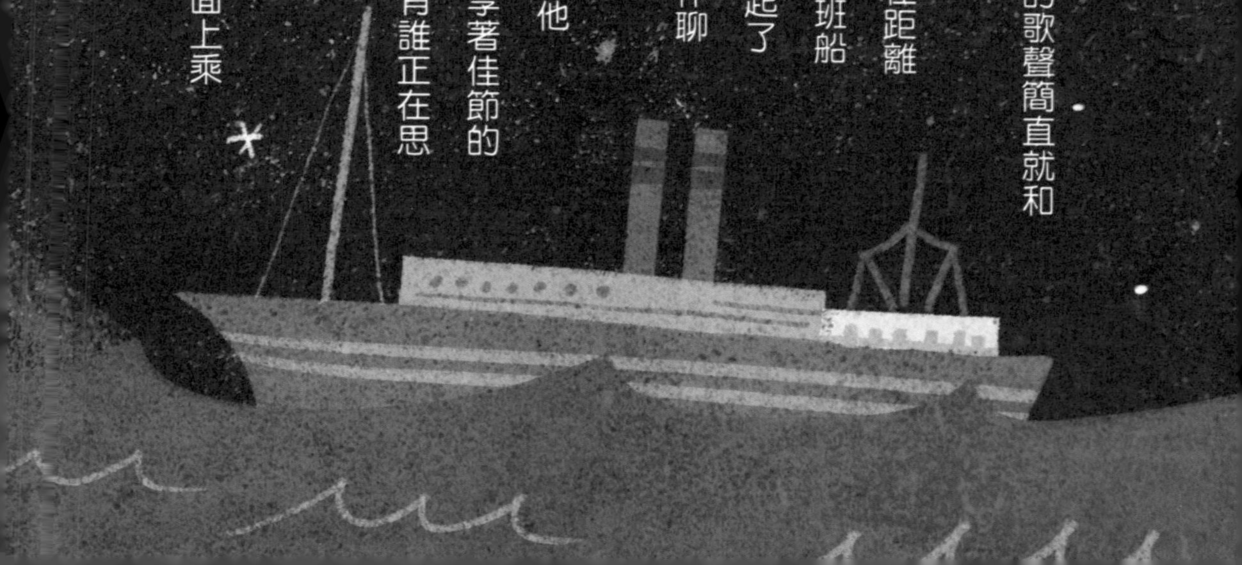

船前進，經過深不可測的海底深淵，實在是太令人敬佩了呀！

【知識小寶典】

①當時，蒸布丁的銅鍋就是平常用來洗衣服的鍋子。

第七章　外甥家的宴會

當史顧己正在沉思時，他突然聽見一陣開懷大笑的聲音。意外的是，那居然是他外甥的笑聲，而且此時，他發現自己已經置身於一個明亮乾爽、燈火通明的房間裡了。巨靈微笑地站在他的身邊，和藹地看著他的外甥。

「哈哈！」外甥大笑，「哈哈哈！」

儘管這個機率非常低，但如果你恰好認識天生就比史顧己的外甥還要會笑的人，請一定要告訴我，我想看看他是何方神聖。另外，也請你把他介紹給我，我想和他交個朋友。

這個世界真是合理又公平，因為不僅疾病和憂愁會傳染，笑聲與好心情也同樣能感染周遭的人。因此，當史顧己的外甥笑得雙手扶腰，搖頭晃腦，整張臉皺成一團的時候，他的妻子也和他一樣放聲大笑。當然，他們邀請來的朋友們也都

被夫妻倆的笑聲感染，個個都笑得合不攏嘴。

「哈哈！哈哈哈哈！」

「千真萬確！」外甥大聲說，「他居然說聖誕節很無聊，而且是打從心底這麼認為！」

「弗烈德，他實在應該為自己所說的話感到丟臉！」甥媳婦生氣地說。

她長得非常漂亮，美麗的臉龐有著迷人的酒窩，紅潤的小嘴讓人忍不住想一親芳澤。當她笑逐顏開時，可愛的小酒窩會變得更加明顯，使得所有看見她的男人都不由得怦然心動。

「他是個滑稽的老傢伙。」史顧己的外甥說，「他大可改變自己為人處事的態度，表現得討人喜歡一些。不過，我想他獨自一人生活應該已經很辛苦了，所以也就不忍再苛責他。」

「弗烈德，可是他非常富有啊！」甥媳婦表示不同意。

「親愛的，那又如何？」外甥說，「財富對他來說毫無意義。他從不用錢做任何善事，也不用錢來過舒適的生活。更何況，他只要一想到死後無法帶走那些財產，就更加無法快樂起來了。」

「我實在是受不了他。」甥媳婦說。她的姐妹們和在場的其他女士，也都紛紛點頭表示贊同。

「噢，我並不會那麼想！」外甥說，「我替他感到難過，因此就算我想生他的氣，我也做不到。你想，誰會因為他的壞脾氣而遭受折磨呢？只有他自己。他因為不喜歡我們，所以不願意到這裡來和我們一起吃飯。結果如何？他失去了享受一頓豐盛晚餐的機會。」

「他的確錯過了一頓非常美味的晚餐。」甥媳婦插嘴說，其他人也紛紛表示同意。他們是有資格這麼說，因為所有人都享用了這頓晚餐。這時，他們把甜點擺在餐桌上，大家都圍坐在壁爐旁邊。

「沒錯！塔波，你覺得呢？」外甥說。

塔波顯然已經看上了甥媳婦的某位姐妹，因為他回答說單身漢就和可憐的流浪漢沒什麼差別，無權對這件事情發表意見。此話一出，甥媳婦的那位姐妹一下子臉紅了起來，而且是身材豐滿、衣領上綴有蕾絲花邊的那位，不是身上戴著玫瑰花的那名女士。

外甥一聽，立刻捧腹大笑。他的笑聲實在無人可擋，因此所有人都忍不住跟著笑了起來。

「我只是想說，」外甥說，「他不喜歡我們，不肯和我們一起玩樂，結果只害得自己失去了愉快的時光。享樂對他有什麼害處呢？我相信，他的脾氣還使他失去了一些可以交心的夥伴，這些人無法在他的幻想中找到，也無法在他那發霉的老辦公室裡找到，更不可能在他那布滿灰塵的屋子裡找到。因為我同情他，所以無論他喜歡與否，我每年都會給他一次機會。也許他一直到臨終前都不屑過聖誕節，但我想他還是會忍不住往好的一面想。我敢打賭，只要我每年都到他的辦公室去，對他說：『史顧己舅舅，您過得好嗎？』他肯定會備受感動。而且假如我這麼做能讓他反省，並在死後留下五十磅的財產給他那貧窮的辦事員，也算是

做了一件功德。我認為，我昨天已經有點打動他了。」

大家一聽到他說自己打動了史顧己，都忍不住捧腹大笑。不過，由於外甥是個好脾氣的人，因此他絲毫不在乎他們嘲笑他，還鼓勵大夥兒盡情享樂，高高興興地把酒瓶傳遞下去。

酒足飯飽後，大家來了點音樂。他們是個愛好音樂的家庭，而且對於挑選樂曲相當有品味。尤其是塔波，他用渾厚的嗓音演唱，而且不管唱得多賣力，額頭上都不會浮現青筋。甥媳婦是個豎琴高手，她除了彈奏幾首平時拿手的樂曲，還特別演奏了一首簡單的小調，而過去曾到寄宿學校接史顧己的那位小女孩，也十分熟悉這首曲子。

因此，當樂聲響起的時候，第一位幽靈帶領史顧己看過的所有往事，瞬間湧現到他的腦海裡。他的內心突然出現了某種悸動，他想，要是自己在多年前能夠時常聽到這首樂曲，或許他

就能為自己創造出美好溫馨的生活，如今也就不必見到雅各．馬利的鬼魂了。

不過，這些人並沒有將整晚的時間都花在音樂上。過了一會兒，他們玩起了「沒收衣物」的遊戲。有時候，大夥兒也想找回赤子之心，而且說到玩遊戲，再也沒有比聖誕節更好的時機了。等一下！玩「沒收衣物」的遊戲之前，一定要先玩蒙眼捉迷藏。然而我不相信塔波真的蒙上了眼睛，依我看，那是他和史顧己的外甥事先串通好的，而且巨靈也知道這件事。

他在甥媳婦的胖姐妹身後不停追逐著，一下子撞倒壁爐旁的火鉗，一下子被椅子絆倒，一下子又撞上鋼琴。無論那位胖姐妹躲到哪裡，他就跟著追到哪裡。他也不會去抓其他人，要是有人故意擋住他的去路，他就會裝出要抓人的樣子，然後側過身，往胖姐妹的方向追去。

她大聲嚷著：「不公平！」而事情的確如此，但是他最後還是抓到她了。儘管她跑得衣服沙沙作響，卻還是被逼到了無路可退的角落。這個時候，塔波的表現才真是惡劣到了極點！因為他裝作認不出她是誰，故意摸了摸她手上的戒指，以及脖子上的項鍊，才結束了這場遊戲。

甥媳婦並沒有一同加入捉迷藏遊戲，她坐在角落的舒適沙發椅上，把腳蹺在矮凳上面，巨靈和史顧己就站在她身後不遠處。等「沒收衣物」遊戲開始時，她立刻舉手參加，而且玩得不亦樂乎。接下來的猜字遊戲更是她的強項，雖然諸位姐妹們也都相當聰慧，但仍舊成為她的手下敗將。

此刻在外甥家的賓客約有二十人，男女老少皆有，而且全都陶醉在遊戲裡，就連史顧己也玩了起來。他興奮得高聲搶答，完全忘了他們聽不見自己的聲音。巨靈非常滿意地注視著他，也很高興看到他像個孩子似地懇求，希望能一直待到賓客散去，不過這一點他無法答應。

「又開始新的遊戲了。」史顧己說，「幽靈，我們再待半小時，直到這個遊戲結束吧！」

那是一種叫做「是或不是」的遊戲，參與其中的人必須猜出史顧己的外甥心裡想的是什麼。大家可以對他提問，而他只能依照實情回答是或者不是。在眾人連珠炮似地逼問之下，他們終於問出他心裡想的是一隻活的動物，而且相當令人厭惡。那種動物有時會咆哮，有時會說話，有時會行走在倫敦市的街頭。牠並非展示用的動物，也不住在動物園裡，更不會被帶到市場去宰殺；牠不是馬、驢、母牛、公牛、老虎、狗、豬、貓，也不是熊。

每當有人提出新的問題，外甥就哈哈大笑。由於實在是太好笑了，因此他不得不從沙發上站起來跺著腳。

最後，那位胖姐妹也和他一樣笑得東倒西歪，而且還大聲地說：「我猜出來啦！弗烈德，我知道答案是什麼了！」

「是什麼？」弗烈德問。

「就是你的舅舅，史——顧——己！」

完全正確！大家都表示佩服，不過有人提出抗議，他們認為當他們問說：「是熊嗎？」外甥應該回答「是」①。因為他回答「不是」，所以即使當時有人懷疑答案是史顧己，也會往別處去想。

「老實說，他實在為我們帶來了許多歡樂。」弗烈德激動地說，「如果我們不舉杯祝福他，那就太忘恩負義了。請大家舉起手中的酒杯，和我一起說：『敬史顧己舅舅！』」

「敬史顧己舅舅！」大夥兒跟著大喊。

「無論他是怎樣的人，我們都祝他聖誕快樂，以及新年快樂！」外甥說，「縱使他不接受我的祝賀，我還是要祝福他。史顧己舅舅！」

不知不覺中，史顧己的心情已經變得非常愉快又輕鬆，如果巨靈能夠給他充分的時間，他一定會為那些不知道他在場的人們送上祝福。可是，當他的外甥說出最後一個字的時候，眼前的景象就消失了，他和巨靈再度踏上旅程。

他們看了很多，走了很遠，拜訪了許多人家，而且最終每一件事物都變得非常圓滿。巨靈一站在病人旁邊，病人便快活了起來；他一來到異地，那些遊子頓時便有了身在家鄉的感覺；他來到奮發向上的人的身旁，他們便有了面對一切困難的勇氣；他走向窮人，他們的內心就變得富有。

他們去了救濟院、醫院和監獄，那些都是收留不幸之人的場所。只要那個自命不凡的警衛沒有將門窗鎖好，巨靈都會留下祝福。

儘管他們度過的只是一個夜晚，可是感覺起來卻像漫漫長夜。史顧己會這麼想也不是沒有道理，因為整個聖誕假期似乎都濃縮在他們一起度過的時間裡。而且奇怪的是，雖然史顧己的容貌並未改變，巨靈卻明顯地變老了。其實史顧己早已注意到，只是沒有說出來罷了。直到他們倆離開了某個孩子的派對，單獨站在一塊空地時，他才脫口而出。

「幽靈的壽命都這麼短暫嗎？」史顧己問。

「我在這個地球上的生命的確很短。」巨靈回答，「今晚就結束了。」

「今晚！」史顧己驚叫。

「今晚午夜。你聽！時間快到了。」

這時鐘聲正好響起，已經是十一點四十五分了。

「如果我接下來的問題冒犯了您，還請原諒。」史顧己看著巨靈的長袍說，

「我看到您的衣袍下方，露出了某種不屬於您的怪東西，看起來有點兒像腳，又有點兒像爪子。」

「那很有可能是爪子，因為如果是腳，上面應該會有肉。」巨靈用悲傷的語氣回答，「你看這裡。」

他的長袍底下跑出了兩個孩子，看起來可憐、淒苦、害怕、醜陋又悲慘。他們跪在巨靈的腳邊，緊緊抓著他的衣袍。

「噢，天啊！你看這裡！快看下面！」巨靈大叫。

他們是一個男孩和一個女孩，看上去面黃肌瘦、衣衫襤褸、愁眉苦臉，簡直就像兩匹狼，可是卻卑微地匍匐在地。這個年紀的孩子本該擁有稚氣的臉龐，然而他們卻像被腐

敗的手揉捏過一般，留下了歲月的痕跡。兩人的身上絲毫沒有天使的氣息，反而像被魔鬼附身般眼神凶狠。縱使世界上有許多令人感到不可思議的事物，卻沒有一個能和那兩個孩子相比。

史顧己嚇得往後退，驚訝不已。他本想說他們倆看起來是好孩子，可是話卻被他吞了下去，因為他實在不願意在巨靈面前撒謊。

「幽靈，他們是您的孩子嗎？」史顧己問。

「是人類的。」巨靈低頭看著他們，說，「可是他們緊抓著我不放，向我控訴他們對人類的不滿。男孩叫做『無知』，女孩叫做『貧困』。要小心他們倆，以及他們所有的同類，尤其要特別注意那個男孩，因為我看見他的額頭上寫著『毀滅』，除非有人能把那些字抹去。你們就只管視而不見吧！」

巨靈一邊指著倫敦市，一邊大吼：「千萬別讓他們倆進城去！誰要是向你提起那兩個孩子，你就大聲地斥責他！如果你們為了達到少數人的目的而承認他們的存在，後果將會不堪設想！」

「難道沒有人能夠幫助他們嗎？」史顧己問。

「難道沒有監獄嗎？」巨靈轉過身，對史顧己說出最後一句話，「難道沒有救濟院嗎？」

十二點的鐘聲響了。

史顧己環顧四周，想要尋找巨靈的身影，可是他已經消失不見了。當最後一聲鐘響停止的時候，他想起了老雅各．馬利的預言。他一抬頭，立刻看見了一個莊嚴肅穆、身披斗篷的幽靈，像一陣霧般緩緩地朝他飄來。

【知識小寶典】

① 英文的「bear」除了有熊的意思，也可以用來表示魯莽笨拙之人。

第八章　最後一個幽靈

幽靈沉默不語地飄來，等他逐漸逼近的時候，史顧己已經被他散發出的陰鬱氣息震懾，忍不住跪了下來。

幽靈裹著一件黑色的長袍，除了一隻伸在外面的手之外，幾乎把頭部和身體都遮起來了。要是沒有那隻手，恐怕很難把他和周遭的黑暗區分開來。

當他來到身邊時，史顧己發覺幽靈既高大又有威嚴，他那神祕的外形讓史顧己感到十分畏懼，而且幽靈一句話也不說，只是靜靜地待在那裡。

「請問您是『未來的聖誕節幽靈』嗎？」史顧己問。

幽靈沒有回答，只是用手指著前方。

「幽靈，」史顧己追問，「您準備帶領我去看那些未來即將發生的事情，對不對？」

艾本尼澤
史顧己

長袍的頂端緊縮了一下，似乎是幽靈點了點頭，這是他得到的唯一答覆。

縱使史顧己已經非常習慣和幽靈打交道了，這個沉默的幽靈還是令他戒慎恐懼。他雙腳不停地發抖，幾乎跟不上幽靈的腳步。幽靈發現了他的異狀，便暫時停下來，等待史顧己的腳恢復正常。

然而史顧己的狀況愈來愈糟，一股無法言喻的恐懼讓他背脊發涼，因為他感覺到在那身黑衣裡，有雙可怕的眼睛正在盯著他瞧。雖然除了一隻手和高大的黑影，他什麼也沒看到。

「未來的幽靈！」他大叫，「您比其他幽靈還要令我害怕。雖然您是為了我好才來的，而且我也希望自己痛改前非、重新做人，所以已經懷著感激的心，準備與您結伴同行，可是您要一直這樣不和我說話嗎？」

幽靈還是沒有回答，只是伸手指著前方。

「帶路吧！」史顧己說，「帶路吧！這一夜很快就會過去了，而此刻時間對我來說珍貴無比。幽靈，帶路吧！」

幽靈就像先前朝史顧己飄來那樣，緩緩地向前飄去，史顧己則跟在他衣袍的黑影中。他發覺黑影把他撐了起來，帶著他前進。

他們似乎不是走進城裡，而是整座城市倏地突然出現在眼前，把他們團團包圍。此時此刻，他們身處於證券交易所，周遭的商人來來去去，把口袋裡的錢幣弄得叮噹作響。他們一下子交頭接耳，一下子看著錶，一下子苦惱沉思，一下子把玩著手裡的印章，這些都是史顧己早已習以為常的景象。

這時，幽靈突然停下來，用手指著幾位正在談天的商人。史顧己見狀，立刻往那個方向前進，去聽聽他們說了些什麼。

「不，」一個下巴肥大的胖男人說，「總之，這件事我也不太清楚，我只知道他已經去世了。」

「他什麼時候過世的？」另一個人問。

「我想，應該是昨天晚上。」

「他怎麼處理他的財產？」一位紅臉紳士問，他的鼻尖長著一顆下垂的大肉瘤，彷彿公雞的肉髯。

「我沒聽說。」下巴肥大的男人說著，又打了一個呵欠，「也許留給他的公司吧。我只知道，他一毛也沒有留給我。」

這句話惹得大家哈哈大笑。

「他的葬禮應該很簡陋。」那個人接著說，「而且我想，肯定沒什麼人會去參加。不如我們結伴同行，一起去幫忙吧？」

「如果有供應午餐的話，我是無所謂。」鼻尖上長著肉瘤的紳士說，「要讓我去幫忙，就得先填飽我的肚子。」

眾人又笑了起來。

「老實說，我一點興趣也沒有。」另一個人說，「因為我不喜歡占人家的便宜，也不稀罕吃一頓免費的午餐。不過，如果有人要去的話，我也會去。現在想起來，或許我稱得上是他的好朋友，因為我們每次巧遇的時候，都會停下來聊上幾句。再見！」

那幾個人紛紛散去，走進其他人群裡。史顧己認識剛才說話的那些人，他望著幽靈，想知道這是怎麼一回事。

幽靈飄到一條街道上，手指著兩個偶遇的人。史顧己又上前去聆聽，心想或許可以在這裡獲得解答。

那兩個人也是他的熟人，而且都是地位崇高的富商。史顧己總是努力博取他們的重視，企圖在商界占有一席之地。

「您好。」其中一人說。

「您好。」另一個人也說。

「唉！」第一個人說，「那個老惡魔總算走了，對吧？」

「我也是這麼聽說的。」另一個人回答，「天氣真冷啊！」

「這樣才像聖誕節呀！我猜，您大概不會溜冰吧？」

「不會，有些事比溜冰重要多了。再見！」

這就是兩人的談話。

起初，史顧己感到有些訝異，幽靈怎麼會要他聆聽那些閒談呢？不過，他相信那些話裡一定隱藏了重大的含意，於是他開始思考，想找出可能的答案。那些對話絕對不可能和馬利的死有關，因為那是過去的事情，而這位幽靈掌管的是未來之事。可是，他想不透他們所說的話與自己有任何直接關連。

但無疑的，無論他們說的是誰，那些談話一定暗藏著可以讓他改過自新的道理。因此，他決定牢牢記住他所聽到的每一個字，以及眼前所見的每一件事物，特別是那些有他在裡面的幻影。他相信，從自己未來的行為中，一定可以找出這些謎題的答案。

他仔細地環顧四周，企圖尋找自己的身影，卻發現他經常站的角落，此刻站著另一個人。儘管時鐘顯示這時已經是他平常該現身的時刻，但在大批湧入交易所的人潮裡，他卻沒有看到長得像是自己的人。不過，他並沒有感到太過驚訝，因為他認為這表示未來的他已經改變目前的人生了。

他們離開鬧街，來到城裡較偏僻的地區。雖然史顧己並未造訪過此處，但他也知道當地的情況聲名狼藉。這裡的街道髒亂狹窄，商店和住宅都十分破舊，居民們衣衫不整、酗酒懶散，簡直是醜態百出。巷道彷彿汙水坑，人們都把發臭的垃圾傾倒在錯綜複雜的街道上，整個地區瀰漫著難以散去的惡臭。

在這個惡名昭彰的地區裡，有一家店面低矮而突出的商店。那裡專門收購破銅爛鐵、舊衣服、玻璃瓶、獸骨和油膩的內臟。店裡的地板上堆著一些生銹的鑰匙、鐵釘、鏈條、鉸鏈、銼刀、天秤、砝碼，以及各式各樣的廢鐵。在那一大堆的破布、腐臭的油汙和陰森森的獸骨中，隱藏著一些不為人知的祕密。

一個頭髮灰白、年近七旬的老人坐在店內的老舊火爐旁邊，他把幾塊發臭的破布掛在火爐旁的繩子上充當簾子，將屋外的冷空氣隔開，然後愜意地在搖椅上抽著菸斗。

當史顧己和幽靈來到老人的面前時，正好有一個女人提著沉重的包袱走進店裡。她前腳才剛踏進去，後面就跟著走進另一個提著東西的女人，而她的身後還出現了一位穿著褪色黑衣的男人。他們互相碰面後，起先感到非常驚訝，後來便大笑起來，因為大家都知道彼此來這裡的目的。

「就讓我這個女傭先來吧！」第一個進去的女人大喊，「洗衣婦第二個，葬儀社人員第三個。你看，老喬，多麼巧啊！我們三人沒有事先約好，卻在你這裡碰上了！」

「你們能在這裡碰面，真是再好不過了。」老喬拿掉嘴裡的菸斗，說，「到客廳來吧！你早就是這裡的常客，另外兩位也不是陌生人。等一下，我先把店門

關上。唉，這門總是吱嘎作響！我看，屋裡沒有比它生鏽得更厲害的東西了，而且也沒有比我還要老的骨頭。哈哈！我們各有所圖，配合得天衣無縫啊！到客廳來，到客廳來。」

老喬口中的客廳，就是破布簾後面的一塊空地。他用一根廢棄的椅腳撥一下火堆，又用菸斗的尾端調整燈芯，接著又把菸斗塞回嘴裡。

在老人做這些事情的時候，剛才說話的女人把她帶來的那包東西扔在地上，豪邁地往凳子上一坐，雙臂交叉在胸前，挑釁地看著另外兩人。

「迪爾博太太，真巧啊！」那女人說，「每個人都有權利為自己著想，他就總是這樣！」

「沒錯！」洗衣婦說，「這方面沒有人比他更厲害了。」

「那麼你們倆還呆站在那裡做什麼？好像在害怕什麼似的。我想，我們不會互相責難彼此吧？」

「不會！」迪爾博太太和那個男人齊聲回答。

「很好！」另一個女人大聲說，「況且，誰會在乎他少了幾件東西？我想，死人也不會介意吧！」

「當然不會！」迪爾博太太笑著說。

「那個可惡的老惡魔如果想在死後保住自己的東西，」另一個女人接著說，「就應該在活著的時候好好待人。要是他不那麼刻薄，說不定就不會一個人孤零零地嚥下最後一口氣了。」

「這句話真是太有道理了。」迪爾博太太說，「那是他的報應。」

「我倒希望他的報應能夠再更嚴重一些。」另一個女人回答，「他實在是罪有應得，拿他的東西，我一點兒也不會覺得不好意思。老喬，替我估價吧！我不怕當第一個，也不怕讓他們看我偷了什麼東西。我相信，我們在來到這裡之前，就已經知道彼此的目的了。這並不是犯罪。老喬，打開包袱吧！」

但是那個葬儀社男人的手腳比老喬還要快，他率先拿出了他的戰利品。東西並不多，只有一、兩個印章、一個鉛筆盒、一組袖釦，以及一枚不值錢的胸針。老喬仔細檢查完每一個物品後，用粉筆將收購價一一寫在牆上，最後再把所有的金額加總起來。

「這是你那些物品的總價。」老喬說，「不要和我討價還價，因為我一分錢也不會多給。下一個是誰？」

迪爾博太太攤開包袱，裡面有幾條床單、一些衣服、兩隻舊的銀湯匙、一把方糖夾和幾雙皮靴。老喬照樣把那些東西的價格記在牆上。

「接下來該你了。」老喬對女傭說，「你又帶了些什麼？」

「喏，你替我把地上的包袱打開來吧！」女傭說。

老喬跪下來，把包袱上的結一一解開，然後拖出一捲又大又重的東西。

「這是什麼？」老喬問，「床邊的帳幕嗎？」

「哈！」那女人把手臂交叉擺在胸前，大笑著說，「就是帳幕！」

「難道你在他還沒斷氣之前，就已經把帳幕和掛鉤拿走了？」老喬問。

「沒錯！」那女人回答，「不行嗎？」

「你天生就該靠這行賺錢。」老喬讚嘆道。

「老喬，我向你保證，只要是可以輕易拿走的東西，我絕對不會手下留情，尤其是對於那一種人。」女人冷冷地說，「喂，別把油滴到毛毯上。」

「這也是他的嗎？」老喬問。

「當然！我敢說，他就算少了兩條毯子，也不會感冒。」女人回答。

「他應該不是死於傳染病吧？」老喬停下手邊的動作，緊張地問。

「這你大可放心，」那女人回答，「要是他得了傳染病，我才不會為了這點東西盡心盡力地伺候他呢！唉唷，你不用再看了！就算你盯著那件襯衫看上幾小時，也絕對找不到任何一個破洞。那是他最好的一件襯衫，質料相當不錯。要不是我眼明手快，那件衣服就要被他們浪費掉了。」

「這是什麼意思？」老喬問。

「某個葬儀社人員打算讓他穿著那件襯衫下葬。」那女人笑著回答，「幸好我及時發現，於是立刻把它脫下來，然後換上白棉布襯衫。如果那種衣服不適合做為壽衣，那麼它大概也沒有其他用途了。況且，他穿起來也挺合身的，看起來也沒有變得更醜。」

史顧己驚訝地聽著他們的談話。那些人坐在戰利品的周圍，身旁只有老喬那盞燈所發出的微弱光線。他用憎恨的目光盯著他們，彷彿把那四個傢伙當成兜售屍體的惡魔。

當老喬拿出裝著錢的法蘭絨袋子，並把三人應得的報酬放在地上時，那個女人又笑著說：「哈哈！你們看，這就是他的下場！他在世時，把身邊所有的人都嚇跑了，結果去世後，反而讓我們占了便宜！哈哈哈！」

「幽靈！」史顧己發抖地說，「我明白了，我明白了。那個人的遭遇，可能就是我日後的下場。唉，我目前正走在和他一樣的道路上啊！天哪！發生了什麼事情？」

史顧己嚇得往後退，因為眼前的場景又改變了。此時，他的身體碰到了一張沒有帳幕的床。破舊的被單下躺著某種東西，儘管它無聲無息，卻用一種可怕的語言說明自己的存在。

房間裡一片漆黑，雖然史顧己迫切地想看清楚這究竟是誰的房間，可是卻看不見任何東西。過了一會兒，一道光線從窗戶透了進來，直接照射在床上，史顧己這才發現上面躺著那具已被洗劫一空的屍體。

史顧己瞥見幽靈用他的手指著屍體的頭。床單是隨意被人蓋上去的，史顧己只要輕輕一掀，就可以讓死者的臉露出來，然而他卻沒有勇氣這麼做。

他心想，假如這個人現在得以死而復生，第一個浮現出的念頭會是什麼呢？貪念？斤斤計較？還是商場上的勾心鬥角？那些想法又會帶給他什麼樣的下場？周遭的人是否會繼續在背地裡羞辱他呢？

他就這麼躺在空蕩蕩的屋子裡，沒有任何男女老少陪伴在他的身旁，給予真誠的弔唁。這時，有一隻貓正在扒抓著門板，壁爐下方還傳來老鼠吱吱喳喳的啃咬聲。在這瀰漫死亡氣息的房間裡，牠們想做什麼？為什麼會如此躁動不安？史顧己不敢仔細去想。

「幽靈！」他說，「這個地方太可怕了。我離開這裡之後，絕對不會忘記此次的教訓。我們快走吧！」

然而幽靈仍舊指著屍體的頭。

「我知道您的意思。」史顧己回答，「如果我有足夠的勇氣，我一定會遵照您的指示去做，可是我實在辦不到啊！」

幽靈似乎低頭看著他。

「幽靈，」史顧己痛苦地哀求，「這座城市裡，有沒有人因為這個人的死而受到影響？如果有，就請帶我去看看吧！求求您。」

幽靈展開他那彷若黑色翅膀的長袍，迅速地從史顧己的眼前揮過。衣袍放下來時，出現了一個灑滿陽光的房間，裡面有一個女人和兩個孩子。

那女人看起來相當心神不寧，似乎正在等待什麼人的到來。她在屋子裡走來走去，只要一聽到細微的聲響，就會嚇得跳起來。她時而望向窗外，時而瞥向時鐘，孩子們嬉鬧的聲音幾乎令她無法忍受。

最後，她終於聽到了期待已久的敲門聲。她急忙跑去開門，一個男人走了進來。雖然他看起來很年輕，可是容顏卻已經歷經滄桑。此刻，他的臉上浮現一種特別的表情，似乎在喜悅之餘還夾雜了一些羞恥。

他坐在火爐旁，吃起了女人為他準備的晚餐。經過一陣沉默後，女人忍不住問他有沒有什麼消息。男人尷尬地看著她，似乎不知道該怎麼回答。

「是好消息，還是壞消息？」她問。

「壞消息。」他回答。

「我們完蛋了嗎？」

「不，我們還有希望，卡洛琳。」

「只有他願意讓我們延期，我們才算有希望啊！」她訝異地說，「倘若這種奇蹟有可能發生，你又為什麼說是壞消息呢？」

「他已經沒辦法讓我們延期了。」男人說，「他過世了。」

她是個溫和又仁慈的人，絕不會為了一個人的死而歡呼，可是當她聽見這個消息的時候，臉上確實閃過了一絲喜悅，而且還雙手合十地說出「謝天謝地」這句話。下一刻，她祈禱上帝能夠原諒她剛才的行為，並說明自己也感到很遺憾，然而她第一時間的反應已經道出她真實的心聲。

「昨晚，我想去請求他再讓我們寬限一週，結果一個喝得酩酊大醉的女人從他家走出來，告訴我這件事。我原本以為這只是他避不見面的藉口，沒想到她說的卻是真的。當時的他臥病在床，簡直就快要死了。」

「我們欠他的債以後要還給誰？」

「不知道。不過，我們還是得盡快籌錢，萬一他的繼承人和他一樣無情，我們就慘了。今晚，我們先放鬆心情睡覺吧！」

雖然這對夫妻希望能對這件事賦予更多的同情，但他們的內心最終還是被喜悅之情給填滿了。孩子們似懂非懂地聽著大人的談話，臉上的表情也跟著明亮起來。沒想到那個人一死，這間屋裡的氣氛卻因此變好了，而這正是幽靈要帶給史顧己的啟示。

「帶我去看看那些憐憫死者的人吧！」史顧己說，「否則我永遠也無法忘記那個可怕的影像。」

幽靈帶領他穿過幾條熟悉的街道。一路上，史顧己不停東張西望，想尋找自己的身影，卻仍舊一無所獲。他們走進克拉奇的家，看見他的太太和孩子們正圍坐在火爐邊。

屋內一片寂靜。克拉奇家那兩個愛吵鬧的小鬼頭待在某個角落，彷彿雕像般一動也不動。他們坐在那裡，抬頭望著彼得，彼得的面前擺著一本書。克拉奇太太和女兒們安靜地做著針線活，沒有人開口說話。

過了不久，克拉奇太太放下手邊的工作，用雙手遮住了臉。

「這個顏色讓我的眼睛好痛。」她說。

顏色？唉，可憐的小提姆！①

「現在好些了。」克拉奇太太說，「閃爍的燭火讓我的視力變得好差。你們的爸爸快回來了，千萬別告訴他我眼睛的事，知道嗎？」

「已經超過他平時回到家的時間了。」彼得闔上書說，「媽媽，我覺得這幾天他似乎走得比平時還要慢。」

接著，大家又陷入一陣沉默。過了片刻，克拉奇太太才以堅定又愉快的口吻回答彼得：「以前，就算他讓小提姆坐在肩膀上，也都走得比現在快。」

「沒錯！」所有的孩子異口同聲地說。

「不過，那是因為小提姆的體重很輕，」她繼續說，「而且你們的爸爸又那麼疼愛他，當然一點也不覺得疲憊。噢，他到家了！」

她急忙跑去開門，圍著長圍巾的鮑伯走了進來。他的茶早已備妥，大家七手八腳地搶著替他倒茶。接著，那兩個小鬼頭爬到他的膝上，兩人的小臉蛋分別貼著他的左右臉，彷彿在對他說：「爸爸，不要難過！」

鮑伯欣慰地撫摸著兩個孩子的頭，並和其他家人說說笑笑。當他瞥見桌子上的針線活時，忍不住稱讚妻子和女兒們做事勤快。他說，看來不用到星期日，這些衣服便可以完成了。

「你今天去過那裡了？」克拉奇太太問。

「是啊，親愛的。」鮑伯回答，「真希望你也在場。那個地方蒼翠恬靜，你一定會喜歡。我已經答應每個禮拜都會去看他了。我的小提姆啊！」

忽然間，他忍不住痛哭了起來。若不是他深愛著那個孩子，他現在就不會那麼痛苦了。他離開客廳，慢慢地走到樓上的房間。房裡燈火通明，到處都掛著慶祝聖誕節的裝飾品。可憐的鮑伯坐在矮凳上沉思了一會兒，接著打起精神擦乾眼淚，收拾好心情走下樓。

他們圍坐在火爐旁邊，克拉奇太太和女兒們仍舊在縫製衣裳，鮑伯則告訴大家今天下午遇到史顧己的外甥的經過。他說那位外甥的心地非常善良，雖然他們才見過一次面，但今天偶然碰到面時，對方看他有點沮喪，便詢問他是不是發生了什麼事。

接著，鮑伯又說：「他是我見過最和善的紳士，於是我就把小提姆的事告訴他了。他對我說：『我為您，也為您那賢慧的妻子感到遺憾。我能為你們做些什麼呢？』不過，我不懂他怎麼會知道這件事情。」

「知道什麼，親愛的？」克拉奇太太問。

「知道你是個賢慧的妻子啊。」鮑伯回答。

「這個大家都知道。」彼得說。

「兒子，這句話說得太好了！」鮑伯大聲說，「史顧己的外甥從口袋裡掏出一張名片，然後對我說：『如果您需要幫忙，請隨時來找我。』他的態度是那麼真誠，彷彿和我們一樣牽掛小提姆。」

「他一定是個好人。」克拉奇太太說。

「親愛的，」鮑伯回答，「要是你親自見到他，或是和他交談，肯定會發現他比你想像的還要好。即使那位和善的紳士明天就替彼得找到一份好工作，我也不會感到太意外。」

「彼得，你聽見了嗎？」克拉奇太太說。

「噢！彼得就快要可以成家立業了！」其中一個女兒開心地說。

「別鬧了！」彼得笑著反駁。

「說不定事情真的會如我們所願。」鮑伯說，「不過，無論將來如何，我們都別忘了可憐的小提姆，別忘了這是第一次有家人離開我們。」

「爸爸，我們永遠也不會忘記。」大家齊聲說。

「只要我們時常想起小提姆的乖巧、溫和與善良，我們就不會吵架。」鮑伯又說。

「沒錯，爸爸！」大家異口同聲地回答。

「我很高興，」鮑伯說，「我很高興！」

小提姆就像一條看不見的繩子，緊緊地維繫著這家人的感情。他們感動地彼此擁抱，感謝上帝賜給他們一位小天使。

小提姆過世的消息讓史顧己的內心有種奇怪的感覺，他彷彿明白了什麼似地說：「幽靈，雖然我不清楚自己為何會知道，但我們似乎就快要分道揚鑣了。請您告訴我，剛才那個床上的死者是誰。」

幽靈和先前一樣，把史顧己帶到商人群聚的地方，不過從眼前的景象看來，這次他們前往的是另一個時空。於是史顧己心想，這位幽靈似乎並未按照時間的先後來給他觀看幻影。

幽靈一個勁地往前走，彷彿想就這樣走到最後的終點，直到史顧己忍不住苦苦哀求，他才稍微停了下來。

「這條巷子通往我的公司。」史顧己說，「我在那裡工作了很長一段時間。我看見那幢房子了，請讓我看看未來的我變成什麼模樣吧！」

幽靈停在原地，把手指往別處。

「屋子在那裡。」史顧己大聲說，「您為什麼指著別的地方？」

然而他的手指還是沒有改變方向。

史顧己衝往他的公司，從窗戶往裡面瞧。那裡看起來還是一個辦公的地方，可是家具變得不一樣了，坐在椅子上的人也不是他。

他回到幽靈的身旁，疑惑地想著自己為何不在辦公室裡。接著，他跟著幽靈來到一扇鐵門前。在進去之前，他先停下來四處張望。

那是教堂旁的墓園。此刻，那個孤零零死去的人就躺在這個地底下。墓園的四周被房屋團團包圍，各個墓碑之間雜草橫生，看起來相當恐怖。這裡的墓碑一個接著一個，似乎只要再有一位死者進來，原來長眠在此的鬼魂就得挪動身子，才能稍微騰出一點空位。

幽靈飄浮在墓園裡，向下指著其中一塊墓碑。史顧己顫抖地走過去。雖然幽靈的容貌絲毫沒有改變，但史顧己卻隱約感覺到他那嚴肅又沉默的外表，彷彿想傳達某種訊息。

「在我走到您手指著的那個地方之前，」史顧己說，「請您先回答我一個問題。那些幻影是將來一定會發生的事，還是可能會發生的事？」

幽靈的手仍然指著那塊墓碑。

「一個人做出什麼樣的行為，就會得到什麼樣的下場。」史顧己說，「然而如果他決心去改變，結果也會變得不同。您就是想讓我體悟這個道理，所以才過來找我的吧！」

幽靈仍舊一動也不動。

史顧己深吸了一口氣後，緩緩地向前走。他順著幽靈的手指，看見那遭世人遺忘的墓碑上刻著自己的名字：艾本尼澤．史顧己。

「難道我就是躺在床上的那個人嗎？」他跪在地上大叫。

幽靈的手轉過來指著他，又轉回去指著墓碑。

「不，幽靈！噢，我不要！我不要！」

幽靈的手仍指著墓碑。

「幽靈！」他緊緊抓著幽靈的衣袍，大喊，「聽我說！我已經不再是從前的那個我了。經過了這番經歷，未來的我肯定不會再重蹈覆轍。要是您認為我無可救藥，就不會讓我看那些幻影了，對吧？」

幽靈的手顫抖了一下。

「仁慈的幽靈，」他跪倒在幽靈的面前，繼續說，「因為您生性仁慈，所以才會給予我改過的機會。答應我，要是我洗心革面，就有機會改變您先前所給我看過的幻影！」

幽靈的手抖動得更厲害了。

「日後，我一定會對聖誕節懷抱著敬意，而且永遠都會記住過去、現在和未來的聖誕節幽靈給我的啟示。噢，請您告訴我，說我還有機會抹去這塊墓碑上的名字！求求您！」

他一邊苦苦哀求，一邊緊緊抓著幽靈的手，然而力氣比他大的幽靈，硬生生地將他甩開了。

他舉起雙手，最後一次懇求幽靈改變他的命運。這時，他發現幽靈的衣袍開始有了變化。他的身形漸漸縮小，最後竟整個垮下去，變成了一根床柱。

【知識小寶典】

① 這裡指的是小提姆過世了，他們正在縫製黑色的喪服。

第九章　新的開始

沒錯！而且那是他的床柱。不僅床是他的，房間也是他的。最棒的是，他還有許多時間可以彌補從前犯下的過錯！

「我一定要牢牢記住那三位幽靈帶給我的啟示。」史顧己一邊滾下床，一邊喃喃自語，「噢！雅各．馬利，感謝你，感謝上帝，感謝美好的聖誕節！我是跪著說的，老雅各，我是跪著說的！」

他的內心激動不已，顫抖的雙手幾乎不聽使喚。由於先前他懇求幽靈時淚流滿面，因此現在他的臉上還殘留著淚水。

「帳幕沒有被拆下來！」史顧己一邊大叫，一邊將四柱床的其中一面帳幕緊緊抱在懷裡，「掛鉤也沒有被人拆下！東西都還在這裡，我也還在這裡。我所看到的未來是可以被改變的，我就知道可以。」

他的雙手不停擺弄著自己的衣服，一下子把內裡翻出來，倒著穿在身上，一下子用力拉扯衣裳，將它們四處亂丟，不斷地做出許多可笑的舉動。

「我實在不知道該怎麼辦！」史顧己大喊，同時又哭又笑地把長襪纏在自己的身上，裝扮成希臘神話人物拉奧孔（Laocoön），「我現在輕鬆得像羽毛，快樂得像天使，高興得像孩子，暈眩得像醉漢。祝大家聖誕快樂！祝全世界的人新年快樂！哈哈哈！」

他手舞足蹈地來到客廳，氣喘吁吁地站在那裡。

「裝著燕麥粥的鍋子在那裡！」史顧己一邊在壁爐前蹦蹦跳跳，一邊說，「雅各．馬利的鬼魂就是從那扇門走進來的！『現在的聖誕節幽靈』曾經坐在那個角落！我曾在那扇窗戶外看見飄蕩的鬼魂！沒錯！一切都是真的，所有的事情全都發生過。哈哈哈！」

對於一個長期以來未曾大笑的人來說，這簡直就是最燦爛的笑容。而且他開始開懷大笑後，就再也停不下來了！

「我不知道今天是幾月幾號！」史顧己說，「我不知道自己和那三位幽靈度過了多久的時間，我什麼都不知道，簡直就像新生兒一樣無知，但是我不介意，我倒希望自己就是個小嬰兒。哈哈哈！」

正當他沉浸在瘋狂的喜悅裡時，教堂的鐘聲陣陣傳來，那是他聽過最宏亮的鐘聲。噹！噹！噹！噢，這個聲音真是太美妙了！

他跑到窗邊，打開窗戶，把頭探出去。沒有霧氣，天空清澈明亮，讓人看了充滿活力。不過天氣仍舊十分寒冷，冷得體內的血液好像快要跳起舞來。金色的陽光、晴朗的天空、清新的空氣、悅耳的鐘聲。噢，太完美了！

「今天是什麼日子？」史顧己對著樓下的一個男孩大叫，那孩子大概是溜進院子來看看他怎麼了。

「啊？」男孩納悶地回答。

「我的好孩子，今天是什麼日子？」史顧己又問。

「今天？」男孩回答，「今天是聖誕節啊！」

「聖誕節！」史顧己喃喃自語，「我還沒有錯過這個節日。三位幽靈在同一晚把所有事情都完成了。噢，他們想做什麼就能做到！當然，這肯定是毫無疑問的！哈囉！哈囉！我的孩子。」

「哈囉！」男孩也對他說。

「你知道第二條街的轉角有一間肉舖嗎？」史顧己問。

「我知道！」男孩回答。

「真是一個聰明的孩子！」史顧己說，「那你知道掛在櫥窗裡的大火雞還在不在嗎？不是小的，是大的那隻喔！」

「什麼？是和我一樣大的那隻嗎？」男孩回答。

「沒錯，就是那隻！」史顧己說，「和你講話真有趣，我的孩子。」

「那隻雞還掛在那裡呢！」男孩說。

「是嗎？」史顧己說，「那你去幫我買下來。」

「你騙人！」男孩驚訝地說。

「不，我沒有。」史顧己說，「我是說真的。你去幫我買下來，然後請他們先拿來我這裡，我再告訴他們要送到哪裡去。如果你在五分鐘之內把火雞和送貨的人帶來這裡，我就給你半克朗！」

男孩聽完後，立刻狂奔而去。

「我要把火雞送到鮑伯．克拉奇的家。」史顧己一邊大笑，一邊搓著手喃喃自語，「他一定不知道是誰送的。他們看見那隻有兩個小提姆那麼大的火雞，肯定會嚇得目瞪口呆！」

他興奮地在一張紙上寫下地址，然後下樓打開大門，準備迎接肉舖的店員。當他站在那裡等待的時候，大門上的門環引起了他的注意。

「只要我還活著，就會好好愛惜它。」史顧己說著，拍了拍門環，「以前我幾乎不曾看它一眼，都沒發現它的雕工有多麼精巧。噢，火雞來了！哈囉！你好嗎？聖誕快樂！」

那隻火雞大得幾乎無法站立，彷彿牠只要靠自己的力量站上一分鐘，雙腳就會承受不住重量而折斷。

「噢，你絕對不可能就這樣把火雞扛到康登鎮！」史顧己說，「看來得雇一輛馬車才行。」

無論是說話、付火雞的錢與車錢，還是給那個男孩酬勞的時候，他都咯咯地笑個不停。最後，他氣喘吁吁地坐在椅子上，笑得眼淚都流了出來。

由於他實在太過興奮，因此他的手抖個不停，沒辦法好好地刮鬍子。而且就算他如往常般冷靜，也得非常小心才不至於受傷。不過，即使他現在不小心削掉了一塊鼻頭肉，他還是能夠保持愉悅的好心情。

史顧己換上最好的衣褲，開心地來到街上。此刻的街道熙來攘往，就和「現在的聖誕節幽靈」帶他看的情景一模一樣。他把雙手擺在身後，臉上掛著高興的笑容，仔細地看著每一個人。

他看起來是如此親切，以致有三、四個行人對他說：「早安，先生，祝您聖誕快樂！」

後來史顧己常說，那些問候是他這輩子聽過最動人的話語了。

沒多久，史顧己就看見前方迎面走來一個有點發福的男子，那人正是昨天到他公司去募款的紳士。一想到自己曾對他十分無禮，史顧己不禁感到一陣羞愧，於是連忙加快腳步來到他的身旁。

「親愛的先生，您好嗎？」他抓住那位紳士的手，說，「您真是個好人，希望您今天募款順利。祝您聖誕快樂！」

「史顧己先生？」

「是的。我叫做艾本尼澤．史顧己，恐怕您聽到我的名字不會感到很愉快，容我請求您的寬恕。另外，我還要懇求您……」說到這裡，史顧己湊到他的耳朵旁低聲說了幾句話。

「上帝保佑！」那位紳士瞪大雙眼，不可置信地說，「親愛的史顧己先生，您是說真的嗎？」

「當然是真的。」史顧己說，「我想為那些窮苦的人捐贈一大筆錢，您願意幫我這個忙嗎？」

「親愛的先生，」紳士一邊握著他的手，一邊說，「您這麼慷慨，我真不知道該說什麼才好……」

「請您什麼也不用說。」史顧己回答，「到時候請來我的公司一趟吧。您會來嗎？」

「一定會！」紳士誠心地說。

「謝謝您。」史顧己說，「祝您聖誕快樂！」

他和對方告別後，去了一趟教堂，接著又到街上閒晃。他看著路上往來的人群，拍拍孩子們的頭，慰問路邊的乞丐，抬頭望著家家戶戶的窗口，訝異地發現眼前的一切居然為他帶來了許多歡樂。

到了下午，他朝外甥家的方向走去。

他在門口徘徊了十幾趟，最後終於鼓起勇氣上前敲門。

「親愛的，你家主人在嗎？」史顧己對那位前來應門的女孩說。

「先生，他在。」

「那他人在哪裡呢？」史顧己又問。

「他和太太待在飯廳裡，我帶您去見他們吧。」

「謝謝你，他們都認識我，我自己進去就行了。」史顧己說著，一隻手已經放到了飯廳的門把上。

他輕輕轉動門把，探頭往裡面瞧。桌上擺滿了各式各樣美味的佳餚，大家都緊張地望著餐桌，希望一切都能安排妥當。

「弗烈德！」史顧己大喊。

天啊，甥媳婦聽到他的叫聲後嚇得跳了起來！其實，史顧己忘了她正坐在角落的椅子上，否則他無論如何都不會這樣大呼小叫。

「我的天哪！」弗烈德大叫，「這是誰呀？」

「是我。你的舅舅史顧己。我來參加你們的聚餐，你願意讓我進來嗎？」

當然可以！外甥激動地握著他的手，差點沒把他的手握斷。五分鐘後，他們就像一家人那般相處融洽了。甥媳婦還是一樣漂亮；塔波、胖姐妹和其他人都對他熱情無比。從餐會到遊戲，一切都和他昨夜看到的景象一模一樣，氣氛和諧快樂。最重要的是，他也是其中的一員。

第二天，他一早就到公司去了。他是故意的，因為這樣就能當場抓到鮑伯遲到了。九點的鐘聲響了，鮑伯沒出現。又過了一刻鐘，鮑伯還是沒來。史顧己打開辦公室的房門坐著，等待鮑伯走進他的小房間。

鮑伯整整遲到了十八分鐘三十秒。開門前，他就已經先把帽子和圍巾脫下來了。一進到辦公室，他立刻振筆疾書，彷彿要彌補錯過的時間。

「喂！」史顧己盡可能裝出他以前那種可怕的聲音，對他大聲咆哮，「你為什麼現在才來？」

「老闆，很抱歉。」鮑伯說，「我遲到了。」

「遲到？」史顧己說，「沒錯，你的確遲到了！快給我過來！」

「老闆，我一年也才遲到這麼一次啊。」鮑伯走出小房間，懇求道，「我保證以後不會再犯了。」

「老朋友，我告訴你，我再也無法忍受這種事了，所以呢……我決定幫你加薪！」史顧己說著，從椅子上跳起來，用手指狠狠地戳了鮑伯一下，害得他跌回小房間裡。

鮑伯嚇得渾身發抖，悄悄地抓起一把放在桌上的長尺。有那麼一剎那，他想用那把尺把史顧己擊倒，然後跑到窗邊向院子裡的人求救，並讓史顧己換上精神病患穿的緊身衣。

「鮑伯，聖誕快樂！」史顧己一邊輕輕拍了拍他的背，一邊說，「我的好夥伴，我要給你一個比往年更快樂的聖誕節。我會替你加薪，並竭盡全力幫助與你同甘共苦的家人。鮑伯，今天下午，我們就一邊喝著熱酒，一邊談論你的事吧！快去買一簍炭回來，然後升起火堆，鮑伯．克拉奇。」

史顧己所做的遠遠超過他當初的承諾。至於小提姆，他並沒有過世，史顧己甚至還成為了他的乾爹。現在，他是整個倫敦市裡最友善、最慷慨的男人。他和大家變得熟稔，也時常為窮人們發起募捐活動。

儘管有些人會在私底下嘲笑他的轉變，但是他毫不放在心上，任由那些人去說嘴。因為他明白，這個世界上的所有好事，在剛開始時難免都會受人嘲笑。他也知道那些人都是盲目的，因此他認為，與其看他們愁眉苦臉，倒不如讓他們笑得瞇起眼睛。只要他不受流言影響，保持愉悅的心情，這樣就足夠了。

日後，那三位幽靈再也沒有出現過，史顧己也持續過著快樂又知足的生活。後來人們總是說，這個世界上就屬他最懂得過聖誕節了。但願我們每個人都能和他一樣全心全意地過節，如此一來，正如小提姆在聚會時所說的：願上帝保佑我們每一個人！

市民 V.S. 貴族

明爭暗鬥的動物王國

狐狸列那由於意外解救了獅王，因此從市民晉升為男爵，並賜居在馬貝渡的一座宏偉城堡裡。此後，他處心積慮地接近那些握有權勢的動物，企圖將他們扳倒，建立一個平等的國家。在上流社會打滾一陣子後，列那認識了一些權貴，例如公狼葉森格倫、花貓梯培、公雞尚特克雷、獅王的親信狗熊勃倫等動物，甚至和獅王、獅后也是相當熟稔的老朋友。他一步一步對平時迫害百姓的貴族施展復仇計畫，然而卻遭受敵人陷害，使得獅王不再寵信於他。究竟列那能否突破重圍，擊垮存在已久的惡勢力呢？

大師名著

M·H·吉羅夫人

【法國】

培養文學素養最佳啟蒙讀物

☆ 危機四伏的動物王國歷險

☆ 流傳已久的經典反封建故事

勇敢 × 獨立

拋開過去，成就自我

孤兒湯姆跟著經常虐待他的師傅格里姆斯到處掃煙囪，有一天，他們接到指示來到宏偉的哈特霍福莊園清掃煙囪，不料湯姆卻在陰錯陽差之下，被誤會成小偷而慌張地逃跑了。疲憊不堪的他在恍惚間落入水中，被水仙子們變成了乾乾淨淨的水孩子。湯姆在水底依舊不改調皮的本性，經常捉弄弱小的動物，在仙女的開導之下，才逐漸收斂。為了拓展眼界、摸索自己想成為的樣子，仙女勸湯姆獨自前往「天外天」去幫助他討厭的人。究竟湯姆能不能順利克服萬難、完成任務？仙女要他去幫助誰呢？

大師名著
查爾斯・金斯萊
Charles Kingsley
【英國】

培養文學素養，啟蒙優良讀物

☆ 促使英國通過兒童法案的優良讀物

☆ 豐富知識融合奔放想像力的奇幻童話

☆ 反映英國維多利亞時代社會的經典文學

小心許願！

免得落入可怕的窘境

五個孩子趁父母出遠門時，跑到新家附近的砂石坑玩耍，沒想到卻意外挖出了一個神祕的沙仙。牠從好幾千萬年前就已經存在於這個地球上，而且還能夠實現任何心願。孩子們興奮極了，迫不及待地向沙仙提出各式各樣的願望，然而不管是真心的願望，還是無心的希望，全都讓他們陷入了棘手的困境。更糟糕的是，沙仙最後對孩子們感到不耐煩，而拒絕幫助他們收回心願！究竟這些孩子該如何解決自己造成的麻煩？生氣的沙仙是否會網開一面，大發慈悲地援助他們呢？

智慧×勇氣×愛

追尋蛻變的成長旅程

一場突如其來的龍捲風，將女孩桃樂絲和她的寵物托托帶到了一個陌生國度。在這神祕世界，一位好心的巫婆指點她前往翡翠城，找到奧茲國的偉大魔法師幫忙送她回家。半路上，她遇見了渴望有個腦袋的稻草人，想要有顆心的錫樵夫，和希望變得勇敢的膽小獅子。四人結伴同行，踏上尋找智慧、愛與勇氣的旅程，儘管途中遭到邪惡女巫阻撓，仍不畏艱難勇往直前。讓我們跟隨他們的腳步，一起找到自我蛻變的契機吧！

大師名著

李曼・法蘭克・包姆

L. Frank Baum

【美國】

培養文學素養，啟蒙優良讀物

大師以透亮的眼光觀察生活和社會，
寫出反映真實人生的精采故事，
引人入勝的劇情和深得人心的角色，
將深刻感動孩子的愛、勇氣與智慧。